怠惰ぐらし希望の第六王子

Taida gurashi kibou no Dai roku ouji

悪徳領主を目指してるのに、なぜか名君呼ばわりされています

◇◇◇

著

服田晃和

ill.

すみうた

◇◇◇

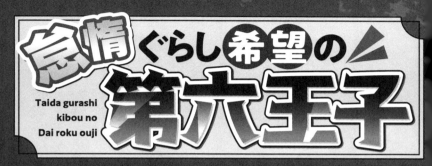

CTERS
ルナ
アルス専属のメイド。
クールな性格で、剣の腕は超一流。
でもちょっぴり(?)天然。
アルス
本作の主人公。前世は社畜だったが、
神様の計らいで異世界に転生した。
自由気ままに暮らすべく、
落ちこぼれ王子を目指している。
主な登場人物

CHARA
ソフィア
人当たりの良い教会の司教。
大きな秘密を抱えているらしい。
カイル
辺境にあるトト村出身の少年。
真面目なしっかり者。
アンヌ
カイルと同じトト村出身の少女。
元気で明るいが、とあることが苦手。

第一章

俺の名前は久岡達夫《ひさおかたつお》、しがない独身サラリーマンだ。

今年で三十という節目《ふしめ》の年齢《ねんれい》を迎えるというのに、相も変わらず仕事が恋人状態の俺は、今日も仕事に明け暮れていた。

時計の長針《ちょうしん》が十二を指した時、お決まりの定時の鐘が鳴《な》った。それと同時に、オフィス内に大きなため息が響き渡る。

「はぁぁぁ……今日も残業かよ!! クソすぎじゃねぇか!! 今日金曜だぞ!! 他の部署の奴ら全員飲みに行ってんじゃねぇか！」

俺がリーダーを務めるプロジェクトのメンバーである橋本《はしもと》が、そそくさと部屋から出ていく他部署の人達を指さしながら怒号《どごう》を飛ばす。

だが誰もその声に反応することはなく、他のメンバーは皆パソコンに向かって、集中していた。

ただ一人、橋本の隣に座る曽根原《そねはら》を除いては。

「仕方ないんじゃないっすかねぇー。顧客《こきゃく》の要望ですし？ てかそもそも、誰かさんが大見得《おおみえ》きって、納期変えずに内容変更出来るとか言ったのがいけないんですけどねぇ」

曽根原は間《ま》延《の》びした声で橋本に向かって煽《あお》るような言葉を口にする。

それが気に食わなかったのか、橋本は席から立ち上がり、曽根原の胸倉《むなぐら》を掴んでキレ始めた。

「なんだ曽根原てめぇ!!　俺が悪いって言いてぇのか⁉　顧客の要望を聞くのが俺達の役目だろうが！」

「そりゃそうっすけど、普通に考えて納期延ばしません？　無理なもんは無理じゃないっすか。てかこうなったの全部橋本さんのせいなんすから、大声出さないでくださいよ」

曽根原は橋本の顔を見ることなく、淡々と口にしていく。

曽根原の言う通り、すべての責任は橋本にある。

本来であれば、俺達は定時で帰ることが出来ていた。

しかし橋本が、客先からの無理難題《むりなんだい》を納期延長せずに対応可能だと答えてしまったのだ。

当の本人は、自分が悪いとは微塵《みじん》も思っていないようで、その証拠《しょうこ》に曽根原の胸元《むなもと》から手を離すと、ＰＣの電源を落とし荷物を纏《まと》め始めた。

「お前らがちゃんとやらねぇのが悪いんだろうが！　もういい！　俺は帰るからな!!　あとは全部お前らがやっとけよ!!」

橋本はそう言って部屋から出ていってしまう。

この暴挙《ぼうきょ》に対し、俺を含む他のメンバーは声も上げられずにいた。

橋本は社長の甥《おい》っ子《こ》。つまり、奴が何かミスをしたとしても、問題にはならない。俺達が何を言ったところで、上に揉《も》み消《け》されて終わりなのだ。


——それから二時間後。日は完全に落ち、窓の外は真っ暗になっていた。

ふと曽根原の方に目を向けると、何度も時計に視線を送っているように見える。

ああ、そういえば今日は曽根原にとって大事な日だったか。

内心彼のことを羨ましく思いながらも、その気持ちをぐっとこらえて俺は曽根原に声をかけた。

「曽根原、お前もう帰っていいぞー！　というか、皆も今日はいったん帰っていいぞ！　あとは俺がやっとくからさ」

「何言ってんすか！　久岡さん一人にやらせる訳にはいかないっすよ！」

曽根原はそう言いつつも、若干嬉しそうに口角を上げる。

今日は久しぶりに彼女に会えると嬉しそうに話していたから、今すぐにでも帰りたいはずだ。

それが橋本のせいでおじゃんになりかけたのだから、あそこまでブチギレていたのだろう。

ここは独身道まっしぐらのプロジェクトリーダーである俺がお前のために体を張ってやる。

「お前今日、彼女とデートだって言ってたろ？　仕事なんてやってないで早く行けって！」

「いやでも……すみません！　お言葉に甘えさせてもらいます！」

曽根原は一度否定しようと悩んだものの、すぐさまPCをシャットダウンし荷物を纏めて風のように去っていった。

他のメンバーも俺にお礼を言いながら、オフィスを去っていく。

こうして一人取り残された部屋の中で、俺は一人ため息を零《こぼ》した。

「あぁぁぁ……俺も彼女とかいればなぁ。最近じゃまともに飯も食えてねぇし、そろそろ死ぬかもしんねぇな！」

縁起《えんぎ》でもない言葉。ただ実際、今日まで三十連勤《れんきん》という社畜《しゃちく》生活を送っている。

家に帰ったのなんてシャワーを浴《あ》びる時と、着替えの時だけ。飯はコンビニ弁当か栄養補給用ゼリー。こんな生活をしていたら、いつか死ぬだろう。

こんなことなら適当に生きてくれれば良かったと思ってしまう。

仕事を真面目にこなし、プロジェクトリーダーなんかを任されたせいで、自分の時間が少しも取れない。自由のない人生に意味なんてあるのだろうか。

「はぁーっと。馬鹿なこと言ってないで、仕事しますかー」

気持ちを切り替えるためにコーヒーでも飲もう。

そう思い、席から立ち上がった瞬間、激しい痛みが頭を襲《おそ》った。立っていられなくなるくらいの痛みに、思わずその場に倒れこむ。

次第に手足が震《ふる》えだし、呼吸が苦しくなってきた。

「曽根……原……」

ポケットに入れていた携帯をなんとか取り出し、まだ近くにいるはずの曽根原へ電話をかけようと試みる。

しかし、その試みも空《むな》しく携帯が右手から滑《すべ》り落《お》ちていく。もうそれを掴みなおす気力もなく、俺の視界は徐々に暗くなっていった。

◇

視界が暗闇に覆《おお》われたあと、俺は真っ白な空間に立っていた。

そこで自称神様に出会った俺は、色々あって幸運なことに、前世の記憶はそのままに二度目の人生を歩めることになった。

どうやら真面目に生きてきたことに加え、死の間際に曽根原を助けたことが神様の評価を上げたらしい。

しかも今流行《はや》りの異世界転生とかいうやつで、剣と魔法のファンタジー世界で暮らすことになるとのこと。

その上、神様の計《はか》らいで、俺は一国の王子として生まれ変われることになった。

こんな粋《いき》な計らいをしてくれるなんて、なんて素晴らしい神様なのだろう。

そう神様に感謝しながら俺は新たな世界に転生した。

そして前世の記憶がある中、赤ん坊として産声《うぶごえ》を上げた時、俺は希望に満ち溢《あふ》れた未来を夢見ていたのだった。

二度目の人生こそは、他人のために生きずに自分のためだけに生きよう。悠々自適《ゆうゆうじてき》な最高の人生を送ろうと。

だが成長するにつれ、その願いが叶うことのない願いであるということに気付いてしまったのだった。

◇

「アルス様。お食事の準備が整いました」

一人部屋で本を読んでいたところに、メイドのルナがやってきた。

俺は憂鬱《ゆううつ》な気分になりながらも、それを無理矢理押し殺して笑みを浮かべてみせる。

「ありがとう、ルナ。すぐに行くよ」

本を棚《たな》へ戻し、俺は急いで部屋を出た。

六番目の王子である俺が兄様《にいさま》達との食事に遅刻《ちこく》するなど、あってはならないのだ。

頼むからまだ誰もいないでくれと心の中で祈りながら、小走りで食堂へと行き、扉を開ける。

急いだ甲斐《かい》あってか、食堂にはまだ兄様達の姿はなかった。

ほっと胸を撫《な》で下ろしつつ、俺は自分の席へと腰を下ろす。このまますぐに食事を始められればいいのだが、そうもいかないのが六男だ。

兄様達より先に食事を始めるのは、無礼《ぶれい》になるからである。

それから俺は誰もいない部屋で一人ため息を零しながら兄様達が来るのを待った。

待つこと数分。食堂の扉が勢いよく開かれると、一人の少女が中へ入ってきた。

少女は俺を見つけると、笑みを浮かべる。

「あらアルス、相変わらず早いわね！」

「レイナ姉様。近くの部屋で本を読んでいたので、すぐに来られたんです」

「そうだったの。間に合って良かったわねぇ！」

少女――レイナ姉様《ねえさま》はそう返事をすると、俺の隣の席へと座った。

彼女はまだ子供だから分からないのかもしれないが、「間に合って良かったわねぇ！」などとよく言えたものだ。

これじゃあ兄様達との食事会に間に合わなかった場合、良くないことが起きると言っているのと同じ。

そんなことを言っているところを誰かに見られでもしたら、兄様達に告げ口されてしまうかもしれない。

この王城内で俺が気を休められる場所なんてどこにもないのだ。

レイナ姉様が到着してからさらに二十分後。再び扉が開き、今度は二人の青年が同時に部屋の中へと入ってきた。

金髪の優しそうな細目の青年に、赤髪の強面《こわもて》の青年だ。

「待たせたね、レイナにアルス！　少し稽古《けいこ》が長引いてしまってね！」

「……すまなかったな」

二人はそう言いながら空いている席へと腰を下ろす。

以前俺が三分の遅刻をした時にはブチギレたくせに、自分達が二十分遅刻するのは問題ないらしい。本当に傲慢《ごうまん》な人達だ。

俺は本音を隠すように首を横に振ると、兄様達に労《ねぎら》いの言葉をかけた。

「大丈夫です！　クルシュ兄様、レオン兄様、今日も稽古お疲れ様です！」

「あはは、ありがとうアルス！　それじゃあ早速食事を始めようか！」

クルシュ兄様がそう言うと、いつの間にか部屋の隅《すみ》で待機していたメイドが奥の部屋へと消えていく。

それからすぐに料理が運ばれてきて、ようやく昼食の時間が始まった。

兄様達が食事を始めると、カチャカチャと食器がぶつかる音が不規則に鳴り始める。俺もそれに合わせるように食べ始めた。

俺は一刻でも早くこの場から出ていきたいがために、口の中いっぱいに料理を放り込む。

だがその行為も空しく、最悪の時間が始まってしまった。

「そういえばアルス。今日は本を読んでいたんだって？　私のあげた魔導書《まどうしょ》はもう読んでくれたかな？」

穏やかな口調で話しかけてきたクルシュ兄様。だが兄様の青い細目は、蛇《へび》のような鋭さで俺を見つめていた。

俺は兄様の気分を害さないよう、慎重に言葉を選んでいく。

「はい！　クルシュ兄様にいただいた『水の魔導書』！　凄く勉強になりました！　今は水魔法を習得すべく、訓練を始めようと考えているところです！」

「そうかそうか！　それなら、魔法の専属教師をつけてもらうよう、私から父上に言っておこう！

アルスなら立派な魔導士になるよ！」

「本当ですか⁉　ありがとうございます、クルシュ兄様！」

俺がそう言うとクルシュ兄様は満足そうに笑ってくれた。魔法の専属教師をつけてくれるのは凄く嬉しいが、不安もある。

兄様によって選ばれた専属教師が俺につくことで、俺がクルシュ兄様達の派閥《はばつ》に属《ぞく》したと噂《うわさ》されるかもしれないのだ。

そんな心配をする最中、今度はレオン兄様が食事の手を止め、俺の顔を睨みつけてきた。

クルシュ兄様に先手を取られて苛立《いらだ》っているのが丸分かりだ。クルシュ兄様と違って、レオン兄様は自分の感情を隠す気がないのだろう。

豪快《ごうかい》な人間だということは分かるが、少しはその感情を向けられる俺の気持ちも理解して欲しい。

「時にアルスよ！　お前もそろそろ剣術の訓練に参加したらどうだ？　勉強ばかりでは体がなまって仕方ないだろう！」

レオン兄様はそう言うとクルシュ兄様の方をチラリと見やる。

クルシュ兄様はレオン兄様の方を見向きもせず、ただ黙々と食事を口に運んでいた。

兄弟喧嘩《きょうだいげんか》をするのは勝手だが、頼むから俺を巻き込むのだけは止めてくれ。

俺はこれ以上レオン兄様の機嫌が悪くならぬよう、出来るだけ嬉しそうに作り笑顔をしながら返事する。

「よろしいのですか？　実はレオン兄様にいただいた剣を使ってみたいと思っていたところだったのです！」

「ははは、そうか！　それなら私の方から父上に伝えておこう！　来週の訓練から参加出来るように準備しておくのだぞ！」

「はい！　ありがとうございます、レオン兄様！」

俺の嬉しそうな顔を見て、レオン兄様は満足げに頷くと食事を再開した。

兄様達と同じように俺も食事を再開させるが、最早食事を味わう気分ではなかった。

毎度のことだが、兄様達と食事をする度に気を遣わなくてはならないのは本当に憂鬱で仕方ない。

しかも来週からは、兄様との訓練が行われることが確定したのだ。

その未来を想像し、思わず口から零れそうになるため息をグッと呑み込む。

俺をここまで悩ませているのは、王位を巡る兄様達の権力争いだ。

まぁ、国王になれば莫大《ばくだい》な権力を手に入れられるのだから、兄様達が死に物狂いになるのも分かる。

俺だって王子として生を受けると決まった時、もしかしたら多少の厄介事に巻き込まれるかもとは思っていた。

だが実際ここまで生きてきて、俺の認識は相当に甘かったのだと実感している。

例えば、あれは俺が四歳の誕生日を迎えた時のこと――

◇

「アルス、誕生日おめでとう！　これは私からのプレゼントだよ！」

「わぁぁ、魔導書だぁ！　クルシュ兄様、ありがとうございます！」

その日、俺はクルシュ兄様から魔導書をもらった。

魔導書とは魔法を使うために必要な知識が書かれたもので、そのプレゼントをもらって凄く喜んだのを今でも覚えている。

しかしそのあと、隣にいたレオン兄様がすぐに口を開く。

「アルス！　お前もこれを振って鍛錬《たんれん》に励《はげ》み、俺のように立派な騎士になるといい！」

「木剣《ぼっけん》だぁ、格好いい！　レオン兄様、ありがとうございます！」

正直もっと有用なものが欲しかったのだが、兄からのプレゼントということで俺は素直に喜んだ。

だが二人から見た時、俺の態度《たいど》に差があったのだろう。

俺の態度を見るや否《いな》や、クルシュ兄様はニヤリと微笑み、レオン兄様は大きな舌打ちをしてその場を去っていったのだ。

「あ、レオン兄様⁉　ど、どうしたんですか！」

後ろからそう声をかけてもレオン兄様は振り向くこともしなかった。

それから数日、レオン兄様からは無視されクルシュ兄様は毎晩寝る前に俺の部屋へ挨拶に来るようになったのを覚えている。

当時は、レオン兄様は自分があげたプレゼントをそこまで喜んでくれなかった弟に苛立っていると思っていた。

だがある日、それが全くの見当違いだと知ることになる。

◇

「いいんですか、レオン兄様！　こんな素晴らしいものをいただいてしまって！」

「ハハハハ！　気にするな！　お前には将来必要になるからな！　今から学んでおいた方が良いだろう！」

「ありがとうございます、レオン兄様！」

その日は、機嫌が元に戻ったレオン兄様からあるものをいただいた。

そのあるものとは『身体能力上昇《フィジカルアップ》』の魔法を習得するための魔導書。

これは自身の筋力や反射神経などの能力を向上させる魔法であり、騎士になる人間なら全員が習得している魔法だった。

その魔導書をレオン兄様からいただいた日。それまで毎晩のように俺の部屋へ来ていたクルシュ兄様が、その日はやってこなかった。

というかその日以降、クルシュ兄様は明らかに俺を避けるようになったのだ。まるで少し前までのレオン兄様のように。

その様子から何かあると感じた俺は、城内の人間から情報を収集しまくった。

四歳の子供の純粋無垢《むく》な問いかけに、皆素直に答えてくれた。

そのおかげで、二人の兄が俺を自分の派閥へ入れるために画策《かくさく》していると知ったのだ。

◇

派閥争いが起きていると知ってから数週間後、兄様達の勧誘《かんゆう》は少し強引なものになってきていた。

その日、兄様達は二人揃って俺の部屋にやってきたのだ。しかも、二人とも美しいメイドを従えて。

「アルスには専属の従者がいないと聞いていたからね！　私が選んできてあげたから、今日からはこの子に身の回りのことをしてもらうと良いよ！」

「お前にはまだ早いと思ったが、王子たるもの女性の扱いも覚えんといかんからな！　何かあればこの者に命令すればよい！　分かったな！」

クルシュ兄様とレオン兄様はそう言うと、二人のメイドを部屋において去っていってしまった。

部屋に残された俺と二人のメイド。少し嫌な雰囲気になるなか、メイド達が俺に向かって頭を下げた。

「本日よりアルス様の身の回りのお世話をさせていただきます、ペトラと申します。食事の用意から夜の遊びなど、なんなりとお申し付けください」

「同じく、アルス様のお世話をさせていただきます、ヘレナと申します。何かあればまず私にご命令くださいませ」

「う、うん！　よろしくお願いします！」

二人の挨拶に子供っぽく返事する。

俺の返事に二人はニコリと笑みを浮かべた。もちろんそれが作り笑顔だということは分かっている。二人はおそらく、兄様達に俺を籠絡《ろうらく》しろとでも言われているのだろう。

その魅力あふれる豊満な身体と、そこから醸《かも》し出される芳醇《ほうじゅん》な香り。そしてどこか艶《つや》っぽい視線。

明らかに子供に向けるものではなかった。

俺はまだ四歳の子供だぞ？　いくらなんでも女性に興味を持つ年齢じゃないだろ。それとも、この世界の男子は性に目覚めるのがとんでもなく早いとでもいうのか？

いや、流石にそんなはずはない。このメイド達が何か仕掛けてくるにしても、それはもう少し大人になってからだろう。

王子になってまだ四年の俺はそんな馬鹿なことを考えていた。

だがそれが間違っていたということを、すぐに知ることになる。

◇

初めてことが起きたのは夜の着替えの時だった。

その日一日過ごして汚れてしまった服から、寝間着《ねまき》に着替えようとした時、二人が着替えを手伝うと言ってきたのだ。

「大丈夫だから！　一人で出来るから二人共あっちに行ってて！」

そう断ったのだが、ペトラとヘレナは強引に俺の寝間着を奪い取ると、俺が着ていた服を勝手に脱がし始めた。

「そうおっしゃらずに、手伝わせてくださいませ！」

「そうですわ！　アルス様の身の回りのお世話をするのが、私共の役目ですもの！」

そう言って二人は俺の服を強引に脱がし終えると、着替えさせるためと言って、俺の手足を引っ張り始めた。

そして俺の指先を、彼女達は自分の体に押し当て始めたのだ。

両手の人差し指が、彼女達の豊かな胸に触れた瞬間、俺は咄嗟《とっさ》に手を引っ込めた。

「ご、ごめん！　わざとじゃないんだ！」

俺が謝っても彼女達はただ微笑んでこちらを見てくるだけ。結局その日は何度も彼女達の身体に触れることとなってしまった。

それからも二人による色仕掛けは何度も発生し、俺の精神はすり減っていったのである。

◇

そして二人の兄から専属メイドを与えられて一ヵ月ほどが経ったある日。とんでもない事件が発生した。

俺はその日、自室でクルシュ兄様からいただいた魔導書を読んでいた。

「魔法を行使するのに重要なのは、魔力と想像力かぁ。魔力ってどうやったら増えるんだ？」

この世界に産まれてからまだ魔法を使ったことがない俺にとって、魔導書に書かれた内容はとても魅力的なものだった。

前世では教科書を読むのが億劫《おっくう》だった俺でも、魔法とくればその限りではないらしい。

要するに、俺はもの凄く集中していたのだ。誰かが部屋に入ってきたことにすら気付かないくらいに。

「なるほど！　魔力を増加させるには、魔力を使い切るまで魔法を撃ち続ければいいのか！　その後、魔力が回復する時に魔力量が僅《わず》かに上昇するんだな！」

「――熱心にお勉強なさっていますね、アルス様」

俺が興奮気味に声を上げた時、背後から妖艶《ようえん》な声が俺の名を呼んだ。

突然のことにビクリと体が跳ねる。

すぐさま後ろへ振り向くと、そこにはティートローリーを押しながら俺の元へ近づいてくるヘレナの姿があった。

なぜかいつものメイド服とは違い、ネグリジェのような少しセクシーな服を着ているヘレナを目にし、俺は一瞬胸を高鳴らせる。

「ヘ、ヘレナ⁉　なんでここに⁉」

「アルス様のお部屋の明かりがついているのが見えましたので、またお勉強なさっているのかと。お紅茶でもいかがですか？」

そう言って微笑みながらティーポットを持ち上げるヘレナ。優しいお姉さんでも演じているつもりなのだろうが、俺から見た彼女は黒い尻尾《しっぽ》の生えた悪魔にしか見えなかった。

なぜなら、こういうことが起きないように部屋の扉《とびら》の鍵《かぎ》を閉めていたのだから。

その鍵を開けて勝手に入ってきた女性を、警戒しない方がおかしいだろう。

「お、おかしいなぁ！　もう寝ようと思ってたから、扉に鍵をかけといたはずなんだけど！」

「鍵ですか？　変ですね、かかっておりませんでしたけれど……それよりもアルス様、紅茶はいかがですか？」

「い、いや大丈夫だよ！　もう眠るところだったから！」

身の危険を感じた俺は、急いで魔導書を引き出しにしまい立ち上がる。

だがその僅かな間に、ヘレナは俺の傍《そば》へ近づいてきた。そして俺の言葉を無視して、用意していた紅茶をティーカップに注いでいく。

「それならちょうど良かったです！　こちらはクルシュ様がアルス様のためにご用意してくださった、特別な茶葉を使用した紅茶になっております！　安眠にも効果があるかと！」

「クルシュ兄様が？　わ、わーい！　嬉しいなぁ！」

ヘレナの口から兄様の名前が出た瞬間、俺は大喜びで椅子に座り直す。

もちろん内心は動揺《どうよう》しまくっていた。

このあとの展開が想像出来ないほど、馬鹿な俺じゃない。

夜も更け始めた頃、部屋の鍵を開けて勝手に入ってきた美しいメイド。

そんな彼女が、あのクルシュ兄様が用意した紅茶を注いでいるのだから、この紅茶が普通の紅茶ではないことくらい、鈍感《どんかん》な俺でも察することが出来た。

「フフフ。この茶葉には疲労回復の効果もあるそうですよ？　遅くまでお勉強なされているアルス様のために、クルシュ様が地方から取り寄せてくださったそうです！　さぁどうぞ！」

「わーい、ありがとう！　凄くいい匂いがするねぇ！」

ペラペラと語りながら、俺の前にティーカップを差し出すヘレナ。

差し出された紅茶はとてもいい匂いがしていた。

今すぐにでも口に入れたい。何かがそう思わせるような力を働かせている気がする。

だからこそ、絶対に飲んではいけないと俺の勘が訴《うった》えかけていた。

俺は意を決してティーカップを手に持ち、ゆっくりと口に運んでいく。その様子を隣で見ていたヘレナの口元が微かに緩んだ。

その次の瞬間、俺はカップを持っていた指をパッと離した。

手からティーカップがするりと零れ落ちていく。そのままカップは下へと落下し、俺のズボンに紅茶が零れ落ちた。

「うわぁぁ！　あ、あっつい！　あっついよ！」

「ッツ！　大丈夫ですか、アルス様！　急いで拭《ふ》きますので！」

ヘレナが慌ててズボンを脱がそうとその場にしゃがみ込む。だが俺はそれを即座に制し、その場で暴れながら彼女にお願いを続けた。

「あっついよ、ヘレナ！　早くお水と氷を持ってきてよ！　これじゃ火傷《やけど》しちゃうよ！」

「か、かしこまりました！　今すぐ氷を持ってきますので、お待ちください！」

俺の訴えにそう答えながらも、彼女の視線はティーポットへと向かっていた。

だが流石にヘレナも王子に火傷を負わせてはマズいと思ったのだろう。一瞬迷った表情を見せたあと、すぐに部屋から飛び出していった。

彼女が部屋から出ていったのを確認した俺は、熱いのを我慢しながらその場から立ち上がり、ティーポットを手に取る。

そしてソレをそのまま床に叩きつけてやった。

ポットの中から紅茶が零れ出ていく。

中身がなんなのか分からないが、これがなければ彼女の企《たくら》みは果たせないだろう。

あとは言い訳が出来るように後始末をしておけばいいだけ。

俺は急いでその場に倒れこみ、子供のように暴れ続けた。

「アルス様！　氷を持って参りまし……」

部屋に戻ってきたヘレナが、その有様を見て呆然《ぼうぜん》と立ちつくしていた。

結局その後は顔を真っ青にしたヘレナが割れたティーポットを片付けてくれて、俺は氷で足を冷やしながらぐっすりと眠りについたのだった。

◇

それからすぐに、クルシュ兄様からヘレナの代わりに別のメイドがあてがわれ、彼女は城から追い出された。

そのあと、風の噂で聞いたのだが、ヘレナは不幸な事故にあったらしい。

だがメイド達にそれとなく話を聞いていくと、その事故の背後には、クルシュ兄様がいるということが分かった。

クルシュ兄様は俺の篭絡に失敗したヘレナに制裁を加えたのだ。おそらく、周囲にいる者達に失敗したらどうなるかを見せるためだけに。

この一件によって、俺は権力争いの本当の恐ろしさを知ったのだ。

自分達の地位と権利を守るためなら、他人に危害を加えても構わない。

たとえどんな結果になったとしても、自分の願いを叶えるためなら気にしない。

それが国王の座を狙う者達の争いということなのだろう。

そんなものが俺の身の回りで起きていると知った時、俺は心の底で強く思った。

めちゃくちゃ面倒くさいと。

折角《せっかく》二度目の人生を授かったのに、そんな面倒事に巻き込まれてたまるか。

俺はそんなものに巻き込まれずに、自由気ままな王族ライフを満喫してやるんだ。そう決意したのが四歳と七ヵ月を過ぎた頃だった。

◇

結局、それから五年経ち九歳になった今でも兄様達からの誕生日プレゼントは届くし、俺が逃げようとしても、アプローチは勢いを増していくばかりだ。

俺は波風を立てぬよう、兄様達からいただいたいくつものプレゼントを、平等に嬉しがり平等に扱い続けなければならない。

それが死ぬほど面倒で仕方ない。

別に二人の兄の人格が嫌いという訳ではない。というか、もっと仲良くしたいとも思っている。

だがそれを派閥という存在が邪魔をするのだ。

クルシュ兄様は第一王子であるオスカル兄様の派閥、レオン兄様は第二王子であるフリオ兄様の派閥にそれぞれ属している。

ではなぜ兄弟が別々の派閥を作っているのか、それは生まれに起因する。

クルシュ兄様とオスカル兄様は現在の王妃であるミネバ様の子、そしてレオン兄様とフリオ兄様は第二婦人のルシアン様の子なのだ。

つまり同じ母を持つ者同士で結託《けったく》し、派閥を作っているのである。

そのため、派閥内の兄弟関係は至《いた》って良好らしい。

血がつながった兄が国王になれば、自分もそれなりの地位を得られると確信しているからだろう。

だが腹違いの兄弟ともなればそれは別。待遇に優劣をつけるのは間違いない。

だからこそクルシュ兄様とレオン兄様は、同腹《どうふく》の兄を王にすべく奮闘《ふんとう》しているのだ。

ちなみに、俺と第五王子、それとレイナ姉様はクルシュ兄様ともレオン兄様とも母が異なっており、今現在どの派閥にも属していない。

でもそれが許されるのは今だけだ。

あと数年もすれば、どちらの派閥につくか選択を迫られる。

その結果、血みどろの政略戦争に巻き込まれることになってしまう。

そんな未来が見えているからこそ、俺の気分は沈みまくっている。

折角二度目の人生を謳歌《おうか》出来ると思ったのに、ここでも上司の機嫌を損ねないように生活しなければならないなんて、そんなのは絶対に嫌だ。

何とかして今の状況から脱却する方法はないかと考えてはいるものの、答えに巡り合うことは出来ていない。

俺が第六王子としてここにいる以上、その未来からは逃れられないのだ。

◇

食事会の翌週、俺は宮廷魔導士《きゅうていまどうし》と訓練場にいた。

「――という訳でございまして、我々宮廷魔導士は日々魔法の研鑽《けんさん》を積んでいるのであります！」

クルシュ兄様の計らいで始まった一対一の魔法の稽古。

その教師としてやってきたのが目の前の男――ドノバンだが、こいつは国の騎士団を軽視しているヤバい奴だった。

元々ドノバンのいる魔導士団と騎士団は仲が悪いのだが、こいつほど露骨《ろこつ》なのは珍しい。

ドノバンはのっけから、いかに魔法が素晴らしいものかを語りだし、その端々《はしばし》から騎士団を小馬鹿にしたような様子が見て取れた。

クルシュ兄様の所属する派閥は魔法を重視しており、剣術を見下す人間が多いが、こいつもその一人ということだろう。

「……そうか、それはとても素晴らしいことだな。それじゃあ話はそれくらいにして、早速だが魔法の稽古を始めてくれ」

「おっと、これは失礼いたしました！　それではまず稽古を始める前に、アルス様の魔法適性を測定しましょう！」

「分かった。よろしく頼む」

俺が答えるとドノバンは六冊の魔導書を取り出した。それぞれ、火・水・風・土・光・闇と記されている。

その内の一つ、火と書かれた魔導書を俺に手渡すと、少し遠くに設置された的《まと》を指さした。

「まずは火属性の適性を調べましょう！　その後は風、最後に光の順番でそれぞれの初級魔法を発動させてください！」

「ん？　全部の属性をやらなくていいのか？」

俺がそう言うとドノバンは大きく頷く。

「大抵の人間が、自分の持っている属性と対《つい》になる属性の魔法は使えないのです！　火属性が使えなければ、水属性に適性があるのが分かりますから、三種類を試すだけで良いということですね！」

「……そういうものなのか」

ドノバンの言葉に納得の意を示しながらも違和感を覚えていた。

俺は今まで兄様からもらった魔導書や、城の図書館にある書物を使って、独学で魔法の勉強をしてきている。

その結果、自分は全属性に適性があることが分かっていた。

確かに、水属性よりも火属性の方が上手に使えると言った得手《えて》不得手《ふえて》はあるが、全く使えないということはない。

ここで俺が全属性の魔法を使うところを見せれば、ドノバンは恐らく驚愕《きょうがく》するだろう。

奴の口ぶりから察するに、全属性に適性を持っている人間はかなり少ないか、下手をしたらいないことすら考えられるからだ。

だが、俺は絶対に全属性が使えることを教えることはしない。

なぜなら、クソほど面倒になることが目に見えているからだ。

もしそれがバレれば、魔導士団からの俺の評価が上がることは間違いない。

だがそれは同時に、魔導士団と対立している騎士団から目を付けられるということを意味している。

そんな面倒、避けた方が良いに決まっている。

俺がこの稽古で得たいものは、図書館にあまり情報がなかった『治癒魔法《ちゆまほう》』と『無属性魔法《むぞくせいまほう》』についての知識だ。あとは各属性の上位魔法についても情報を得られたらありがたい。

だが治癒魔法に関しては、王家お抱えの治癒士がいるから、その誰かに聞いてもいいし、まずドノバンには無属性魔法について教えてもらおう。

「そういえば、城の図書館で無属性魔法の魔導書を見たことがあるんだが、それの適性は調べなくていいのか？」

「無属性魔法ですか？　宮廷魔導士の中で使う者がおりませんでしたので、適性を調べる準備を失念しておりました……アルス様が希望なさるようでしたら、次回の稽古の際そちらの適性も調べましょう！」

「あー……いや大丈夫だ。無属性魔法を使うつもりはない。ただ知識として適性があるかないかを知っていれば、今後の役に立つかもと思ったんだ」

自分から聞いておいてあれだが、俺はドノバンの提案を拒否した。

事前に図書館で『誰でも使える無属性魔法』という魔導書を読んでいる。その際に適当な魔法を使って、自分が無属性魔法にも適性があることは分かっていた。

そのことはドノバンにバレたくない。情報だけ手に入れられればそっちの方が良い。

下手な真似をしてクルシュ兄様に俺の魔法適性の広さが伝わり、派閥への勧誘が過激化《かげきか》するのは避けたいからな。

「おお！　使う予定のない魔法の知識まで欲するなんて、アルス様は既《すで》に魔導士としての未来を見すえているのですね！　それでしたら次回の稽古で無属性魔法の魔導書をお渡ししましょう！」

「いや、用意出来たら俺のところへ持ってきてくれ。受け渡しに稽古の時間を使う必要はないさ」

「それもそうですな！　それでは用意が出来次第、アルス様にお届けに参ります！」

これでクルシュ兄様の目を気にせず魔法の勉強をする手筈《てはず》は整った。あとはこのまま魔法の稽古に励むことにしよう。

「それより、適性を調べるんだったな。それじゃあまず、火属性の初級魔法――『火球《ファイヤーボール》』からいくぞ！」

そう言って俺はドノバンが指さした的に向かって手のひらを向ける。

火属性の魔法が発動出来ることは分かっていたが、少し緊張していた。

何せ、部屋の中で発動出来た魔法と言えば、最下級の『着火《トーチ》』『水出《ウォーター》』『風流《ウィンド》』といった攻撃性がない魔法ばかり。

この世界に生まれて初めて、俺は攻撃魔法を発動するのだ。

「――『火球《ファイヤーボール》』！」

魔法を発動させると、俺の手のひらからソフトボールくらいの大きさの火の球が、的に向かって飛んで行った。

火球はそのまま的にぶつかり、的の中心を焦がして消えていく。

思ったよりもショボい威力だ。

そう思っていると、隣で見ていたドノバンが歓声を上げた。

「素晴らしい！　初めての魔法行使であの的まで火球を届かせるとは！　アルス様には火属性魔法の才能がありますな！」

「そ、そうか。それじゃあ次は風属性をやってみよう」

興奮気味のドノバンをあしらいながら、そのまま他の属性魔法も発動していく。

風属性魔法の『風刃《ウィンドエッジ》』に光属性魔法の『光明《ライト》』。そのすべてを発動させた俺を見ていたドノバンは、感動を抑えることが出来なかったのか、俺の手をガッチリと握りしめてきた。

「初めての魔法行使ですべての魔法を発動させるとは！　流石アルス様！　クルシュ様がアルス様にご期待なさるのも、このお力を見抜いていたからなのですね！」

「そ、そんなことはないだろ！　たまたま上手く出来ただけで――」

「そんな訳ありません！　普通は魔力の僅かな動きが見られるだけでも凄いというのに！　まさにアルス様は魔法の申し子！」

鼻息を荒らげながら興奮気味に語るドノバン。

これは不味すぎる。ドノバンの表情を見る限り、発言に嘘があるとは思えない。

そうなると、今日の話はクルシュ兄様どころか、下手したら王城中に広がってしまうのではないだろうか。

それは絶対に避けなければならない。

「いや、実は独学で魔法の勉強をしていてな！　最初は俺も全然発動出来なかったんだぞ⁉　今回のはその経験があったから上手く発動出来ただけだ！」

正直に言えば独学で勉強していた時も、一発で魔法の発動は出来た。

でもそんなことを馬鹿正直に告げる必要はない。

だが自分は平凡だと告げたはずなのに、ドノバンの両目からは大粒の涙が流れ出ていた。

「このドノバン、感動で涙が止まりません！　アルス様が自らの意思で魔導士への道を歩み始めていたとは！　我々宮廷魔導士一同、アルス様がその道を歩み続けるためのお力添えをさせていただきます！」

「いやいやいや！　実はその時期から同時に剣術も勉強してたからな！　魔法だけじゃないから

な！　王子としてのたしなみだからな！」

必死にドノバンを説得するが、なぜか「分かっています。このドノバン、アルス様の意を汲《く》みますゆえ！」と言って首を振るのみ。

俺はそれから一時間以上、ドノバンを説得し続けたのだった。

◇

魔法の授業の翌日。俺は騎士団の訓練場に来て剣の稽古を受けていた。

今日は軽い稽古にするからと言われていたはずが、なぜか今、俺の前には剣を持ったレオン兄様が立っている。

「よし、アルスよ！　どこからでもかかってくるがいい！」

「はい！　行かせていただきます！」

レオン兄様の計らいで始まった剣の稽古。頭のネジが二本ほど外れているレオン兄様は、なぜか初日から自分と一対一の模擬戦をしようと言い始めた。

何年も鍛錬を続けて来た兄様と、剣の経験が浅い俺が戦うなんて、苛《いじ》めみたいなものなのに。

だが俺がそんなことを言ったところで、兄様が模擬戦を取りやめることもなく、結局俺は兄様と戦う羽目になってしまった。

「てぇぇい！」

木剣を手にレオン兄様へと突き進んでいく。そのまま兄様の右半身目がけて、力いっぱい木剣を振り下ろす。

だが俺の剣が兄様に触れる直前、ガツンと鈍い音がしたかと思うと、握っていた木剣が後方に弾き飛ばされていた。

「なんだその軟弱《なんじゃく》な一撃は！　もっと腰に力を入れんか!!　さぁもう一度打ち込んで来い！」

「は、はい！」

俺の渾身《こんしん》の一撃もレオン兄様にとってはそよ風に等しく、軽くいなされてしまう。俺は木剣を拾い上げ、もう一度レオン兄様へと向かっていく。

「やぁぁぁぁ！」

再度木剣を振るうも、レオン兄様は俺の剣を思い切り吹き飛ばした。俺は木剣を拾い上げると、苦笑いを浮かべながら腰の鞘《さや》に戻した。

これだけやれば兄様も俺に呆れてくれる。そう思ったのだが、兄様は真っすぐに俺を睨みつけていた。

「もう一度だけ言うぞ……本気でかかってこい!!」

ブチギレ寸前の兄様。このままひ弱《よわ》な弟を演じれば、兄様の苛立ちは頂点に達することだろう。

そして俺はボコボコにやられる。

それはちょっと痛いから嫌だ。仕方がないがアレをやるしかない。

俺は木剣を構え直すと、兄様の後ろに立っていた兵士へ目を向ける。

兄様より強くなく、しかし兵士の中ではそれなりの強さを誇る剣の使い手。魔法の対象としては丁度いいだろう。

そう思い、その兵士に向け俺は魔法を発動させた。

『模倣《トレース》』

これは自分の身体能力にかかわらず、対象の能力や動作を模倣《もほう》出来るようになる魔法だ。

つまり俺は今、一時的にあの兵士と同じレベルの剣の使い手になったという訳だ。

「それでは兄様……参ります」

剣を握りしめ、兄様の方へと踏み込む。相手に攻撃をするという意識が俺の中で芽生《めば》えた瞬間、魔法の効果が発動された。

足の筋肉が千切れそうになるほどの痛みと引き換えに、先ほどの速度とは比べ物にならない勢いで兄様との距離を詰めていく。

俺の予想外の速度に驚きを隠せないレオン兄様。

「ふっ‼」

兄様の身体目がけて剣を振るう。それを払いのけるかのように兄様の木剣が俺の木剣とぶつかる。

鈍い音が響いたものの、木剣はまだ俺の手の中にあった。

その様子を見て、嬉しそうに笑うレオン兄様。

しかし、もう既に俺の身体は悲鳴を上げている。

辛うじて痛みの少ない左足を使い、後ろへ逃げて体勢を整える。

右手から左手に木剣を移し替え、最後の攻撃をしかけた。

「はぁぁぁあ‼」

先ほどと同じように剣を振るう。兄様もそれに反応し、俺の剣を振り払おうとする。

兄様の剣が当たる直前、剣の軌道を無理やり変え、兄様の剣を空振りさせた。

呆気にとられるレオン兄様。その隙に反対から再度剣を振り上げる。

今度こそ当たる。

そう思った矢先、兄様の剣が俺の剣を弾き飛ばした。

カラカラと音を立てて転がる木剣。その音が、俺の魔法を中断させた。

「はぁ、はぁ、はぁ……参りました！」

息を切らし膝《ひざ》をついて兄様にそう告げる。もう剣を握り直す力も残っていない。

そんな俺の肩を兄様がポンと叩いた。

「はははは！　素晴らしい動きだったぞ、アルス！　特に最後の一撃までの流れ！　まさか初めての戦闘で『騙《だま》し』を入れてくるとはな！」

「ありがとうございます！」

どうやら兄様の機嫌は良くなったらしい。あのまま俺が『模倣《トレース》』を使わずに戦っていたら。おそらくボコボコにやられていたことだろう。

無事に兄様との模擬戦を終えてホッと胸を撫で下ろしたその時、兄様が傍に立っていた兵士に向かって叫んだ。

「やはり私の目に狂いはなかったな、デュークよ！　アルスは私と同じく剣の才に恵まれているぞ！」

「仰《おっしゃ》る通りですな！　アルス様はレオン様、フリオ様と同じく、武の才に満ち溢れたお方！　その才覚でお二人を支えてくださることでしょう！」

そう言ってニコリと笑う兵士とレオン兄様。

周囲にいた他の兵士達もなぜか歓声を上げており、騒ぎはどんどん大きくなっていく。

「ははは……」

俺は二人の言葉に何も言うことが出来ず、乾《かわ》いた笑みを浮かべることしか出来なかった。とにかくここは極力発言を避けて、この場から立ち去るのが優先だ。

「レオン兄様。大変言いにくいのですが……兄様の剣をまともに受けてしまったせいで、両腕が痺《しび》れて動かないのです。申し訳ございませんが、治療を受けに行かせていただいてもよろしいでしょうか？」

俺はそう言ってレオン兄様に頭を下げた。

俺が剣を握れないのは、兄様の剣が素晴らしすぎた故にということを強調する。その結果、兄の顔は誇らしげな笑みで包まれた。

「む？　ぬははははは！　それはすまなかったな！　お前も将来は優れた剣士になるとはいえ、まだ私とやり合うには早かったようだ！　稽古はこれまでにして、治癒士達に癒《いや》してもらうといい！」

「ありがとうございます！」

兄様に頭を下げ、俺は足を引きずりながらその場をあとにした。

◇

「いってぇぇぇぇー！　痛すぎる！」

自室に戻った俺は、部屋の中で一人叫び声を上げた。

自分の身体能力を超えた兵士の能力を模倣した結果、足と手の筋肉が千切れかけるほどの損傷《そんしょう》を負ってしまったのだ。

俺は痛みを必死に堪《こら》えながら辛うじて動く右手を左手に向ける。

そして昨日の授業後に治癒士から教えてもらったばかりの治癒魔法『小回復《ライトヒール》』を発動させた。それを出来るだけ全身にかけていく。

だがやはり完全には痛みは消えなかった。

今の俺が使える治癒魔法では限界があるようだ。

これは一刻も早く治癒士達のもとへ行って、もっと治癒魔法について教えてもらわなければ。

「はぁー……痛すぎて兄様達の前で泣くかと思った。でもまぁおかげで殺されずに済んだし、稽古も早めに上がれたから良かったけど」

『模倣《トレース》』の魔法は利便性が高い代わりに反動が大きすぎるのが難点だ。

だが、一度模倣した対象の動きは対象が近くにいなくても再現出来るし、身体が模倣先の動きに慣れてくれれば、反動も少なくなる。

この魔法を上手く使いこなせれば、俺の身体能力はすぐに先ほどの兵士並みになるだろう。

まぁやる必要ないし、やる気もないけどな。

「あまり『模倣《トレース》』を使いすぎるのも良くないな。さっきもそのせいで剣の才能があるとか勘違いされちゃったし。兄様達の前では制限するようにしよう」

先日、クルシュ兄様が選任した魔術の教師にも才能があると言われたばかり。ますます派閥への勧誘が過激になりそうで憂鬱になってしまう。

どうにかこのクソみたいな場所から逃げる方法はないものか。

「あと五年もすれば俺も成人になる。そうなれば無理矢理にでも派閥入りを迫られ、否《いや》が応《おう》でもどっちかの陣営につくことになっちまうからなぁ」

そうなると相手側陣営からの嫌がらせが始まる。最悪、暗殺される可能性だってあるかもしれない。

そうなる前になんとか手を打たなくては。

俺が必死に思考を巡らせていると、部屋の扉がノックされた。

慌ててベッドから飛び起き、入室の許可を与える。

するともの凄い勢いでルナが部屋に入り込んできた。相変わらずの無表情だが、その奥には焦《あせ》りと不安が見え隠れしている。

「アルス様。お怪我《けが》の様子はいかがですか？」

「え？　ああ、怪我か？　大丈夫だ。心配させて悪かったな！」

そう答えるも、ルナの不安はぬぐい切れないようだ。

そのまま俺の元へ歩み寄ってくると、ベタベタと腕や足を触り始めた。

少しくすぐったいが、俺はされるがままルナに体を触らせていく。

それからしばらくしたあと、ルナは安心した様子でホッと息を吐いた。

「本当に大丈夫そうですね。ですが、念のため治癒魔法をかけておきます」

「ああ、ありがとう、ルナ」

ルナが俺の手に向けて治癒魔法を発動していく。彼女の習得している『中回復《ミドルヒール》』の魔法のおかげで、俺の傷付いた体は完全に元の状態へと戻った。

治療を終えたルナが、俺の身体から手を離す。

俺は癒えた傷を見て感動しながら両足をプラプラと動かしていた。その様子を見て、ルナが少し不満気に目を細める。

「剣の稽古であれば、また私に仰ってくだされればよろしかったのに。なぜそうしなかったのですか？」

「いやいやいや！　前に頼んで殺されかけたの忘れたのか!?　もうあんな思いするのはごめんだよ！」

「アレは……ちょっとした事故です。今度はもう少し手加減いたします」

そう言いながらも、ルナは少ししょぼくれたように肩を落とした。その姿を見て、俺はルナと出会った日のことを思い出していた。

◇

俺が五歳の誕生日を迎えてから数日たったある日のことだった。

その日、王城ではとあるイベントが開催されていた。まぁイベントといっても、俺からすればあまり興味のない出来事なのだが。

そのイベントとは使用人の雇用試験《こようしけん》だ。

ちなみに今回募集するのは俺の専属メイドである。

定期的に開催されるこの雇用試験は、筆記・実技・面接の三段階の試験を経て合格者を決定する。

もちろん試験を受けるためにも超えなければならないハードルがある。

まず試験を受けるための参加費。

これを納めないと話は始まらない。それがまぁべらぼうに高いのだ。まず庶民《しょみん》では払うことが出来ないだろう。

もう一つの条件は貴族の第二子以降の女性であること。

ある程度の教養がないと試験を受ける資格もないということだろう。正直、この条件があるなら参加費を払わせる必要はないと思うが。

この二つをクリアした者だけが試験を受けることが出来るのだ。

この条件を聞いていた俺は、「また気を遣わなければならない人間が増えるのか」と、そう思っていた。

貴族の子は派閥や権力に敏感《びんかん》だ。試験を受けに来る人間はすぐに兄様達の派閥のどちらかに所属することになるだろう。

そんな人間達から俺の専属メイドを見つけられるはずがないと、そう思っていた。

試験に興味がなかった俺は、いつもの服装とは違った庶民的な服装に身を包み、王城の門を通り抜けていく。

目的は、俺に誕生日プレゼントを贈ってくれた兄様達へのお返しの品を買うこと。

もの凄く面倒だがこれも王子として果たさなければならない仕事だった。

俺は執事《しつじ》のルイスの手を掴みながら、門の前に停められた馬車まで歩いていく。

その馬車に乗り込む直前、門から少し離れたところでしゃがみ込んでいる女性の姿が目に入った。

「あの……だいじょうぶ？　気分でもわるいの？」

普段なら絶対に声をかけたりしないのだが、彼女の綺麗な銀色の髪が目に留まったのだ。

「……だいじょうぶです。ちょっと落ち込んでいただけですので」

俺の言葉にそっけない態度で返す女性。

だがその瞳からは、今にも涙が零れ落ちそうになっている。

どう見ても大丈夫じゃなさそうだ。

彼女を見て、俺はもう一度声をかけてみた。

「何かあったの？　僕で良ければ話聞こうか？」

優しい声で問いかけた俺の言葉に対し、女性は途切れ途切れになりながらも涙の理由を話し始めた。

「実は今日……試験を受けに来たんです……でも……」

そう言い終わると彼女は再び膝を抱えてうつむいてしまった。

最後まで聞こえなかったが、おそらく試験に落ちてしまったのだろう。

王城で行われる使用人の雇用試験というのは、前世でいう就職活動とは若干異なる。どちらかというと大学入試に近いかもしれない。

有名大学卒というネームバリューを得るのと同じように、王城で働いていた使用人となれば、その後の働き口も引く手あまたである。

だからこそ貴族達は、多額の参加費を用意してまで試験を受けに来るのだ。

それに落ちたとなれば、彼女が悲しむのも無理はない。

だがそれは俺には関係のない話だ。

「そっか。それは残念だったね。また次の機会に頑張ってみるといいよ」

女性が試験を受けに来たのだと知った俺は、これ以上かかわらないようにしようと思い、軽く声をかけてその場をあとにした。

この時の俺は、もう二度とこの女性とかかわることはないだろうと思っていた。


そのまま王城をあとにした俺は、ルイスと共に城下街へとやってきていた。

「ねぇルイス。二人共同じプレゼントで大丈夫だよね？　別々のにしなくてもいいよね？」

「大丈夫でございます。アルス様のお気持ちが籠《こも》っていれば、きっと喜んでくださることでしょう」

不安な俺の気持ちを察し、柔らかな微笑を浮かべながら答えてくれるルイス。

それを聞いて俺は安堵の笑みを浮かべていた。

ルイスと出会ったのは、あの夜の一件があってからすぐのことだ。あの夜のあと、俺は父上に男の従者が欲しいとお願いしに行った。

理由はもちろん、女の従者では何が起きるか分からないから。

男であれば兄様達の息がかかっていたとしても、身体を使って篭絡してくることはあり得ないだろう。

そう思いお願いした結果、父上はルイスを俺に与えてくださったのだ。

ルイスは長年父上に仕えていた側近の一人であり、兄様達の息がかかっていない存在であった。

そんなルイスをなぜ父上が俺に与えてくれたのか。

それはシンプルに、ルイスの高齢化だ。今年で六十歳を迎えるルイスにとって、今後も父上を近くで支え続けていくのは難しいことであった。

だがその能力をただ捨てるのは勿体ないということで、俺の使用人に抜擢《ばってき》されたのだ。

そんな形で俺の使用人になったルイスだったが、俺にとって彼の存在は大きかった。

兄の息がかかっていないルイスは、信頼出来る存在だったからだ。

彼がいるだけで、俺はそれなりに平穏な生活を送ることが出来ていたと思う。

だがそれもルイスがいる場合に限っての話だ。

着替えや他の身の回りのことは、基本的に兄様達が用意した専属メイド達がしてくれている。その間俺は周囲に気を遣い続ける必要があった。

この環境をどうにか出来ないものかと考えていた俺だったが、今日この日まで何も出来ないまま時間が過ぎていたのだった。

「それじゃあ買い物も終わったことだし、早く帰ろうか！」

「かしこまりました。それでは私の前を歩いてくださいませ」

買い物も無事に終わり、俺とルイスは王城へ帰ろうと歩き始める。

兄様達へのプレゼントを抱えながら歩く俺を見て、周りの大人達は羨ましそうに俺を見つめてきた。

それに気付いた俺は慌てて抱えていたプレゼントを、両腕で隠した。

何せ今出てきた店は、王都でも随一の宝飾店。手の中にあるのは、その店の中でも一番高価な宝石なのだから。

そんな高価なものを普通の五歳児が抱えているのを見れば、誰もが食い入るように見つめることだろう。

「ね、ねぇルイス！　やっぱりいつもの格好で来た方が良かったんじゃない!?　他の人達の顔が凄く怖いんだけど！」

「我慢してくださいませ、アルス様。王子であるあなたが街を歩くには、多くの護衛を引き連れるか、こうして忍《しの》ぶ以外ありません。護衛を連れてくるのを嫌がったのは、アルス様ではありませんでしたか？」

「そ、そうだけどさぁ……そうだ！　じゃあかわりにルイスがこれ――」

持ってよ！　そう言いかけた矢先、俺の体に何かがぶつかった。

その衝撃で俺は思わず後ろへよろめく。尻もちをつきそうになるところを、後ろを歩いていたルイスが支えてくれた。

何にぶつかったのかと前に目を向けると、真っ黒に日焼けした大男が白い歯を見せつけるように笑いかけてきた。

その男は俺の目線に合わせるようにその場にしゃがみ込むと、その大きな手を俺の頭にのせてきた。

「おう坊主《ぼうず》、悪かったな！　怪我してねぇかい!?」

「う、うん！　大丈夫だよ！」

俺がそう返事をすると、男はもう一度嬉しそうに微笑んでみせる。

「そりゃあ良かった！　でも坊主、ちゃんと前見て歩かねぇとダメだぜ？　今この店の看板取り換えてるところだからよ！　あぶねぇから避けて歩きなぁ！」

男はそう言いながら左側の店を指し示す。その先を見ると確かに看板の取り換え作業を行っているところだった。

どうやらこの人は、工事の作業員だったようだ。

その人相《にんそう》からてっきり、抱えていた宝石をかすめ取ろうとした盗人《ぬすっと》か何かなのかと思ったのだが、どうやら違ったらしい。

「ありがとうおじさん！　お仕事頑張ってね！」

「おう、ありがとうよ坊主！　気を付けて帰んだぜ！」

大男に別れの挨拶をし、俺とルイスは再び帰路につこうと歩き出す。それからすぐに、俺は手に持っていた宝石をルイスへ渡そうとしていたことを思いだした。

「そうだった、ルイス！　これルイスが持っててよ！　その方が安全でしょ⁉」

「そのようですね。では僭越《せんえつ》ながら、私が預からせていただきます」

ルイスがそう言って俺に向かって手を差し伸べてきた。

その手の上に宝石が入った箱をのせようとした瞬間、俺は箱がずいぶん軽くなっていることに気が付いた。

嫌な予感がした俺は、恐る恐る箱を開け中を確認する。

その予感通り、箱の中身は空っぽになっていた。

「ほ、ほ……宝石がない！」

「なんですと⁉　見せてくださいませ！」

俺の言葉にルイスが慌てて箱の中身を確認する。そして中身がなくなっていると知り、ルイスは俺を抱えて先ほどぶつかった大男の元へと走り始めた。

一分もしないうちにその場所へと戻る。

まだ現場では大男達が看板の取り換え作業を行っていた。

「すみません、先ほどのあなた！　この子とぶつかった時に、何か落とし物を拾いませんでしたか⁉」

「あん？　さっきの坊主達じゃねぇか！　落とし物なんざ拾ってねぇが、どうかしたのか？」

「買ったばかりの宝石がなくなっているのです！　ここで落とした以外考えられません！」

ルイスは少し声を荒らげながら、果敢《かかん》に大男へと詰め寄っていく。

ルイスはこの男が宝石をかすめ取った盗人だと疑っているのだろう。

この男とぶつかる直前まで、宝石は間違いなく箱の中にあったのだがら、そう思ってしまうのも仕方ない。

だがもし俺が宝石を盗んだとしたら、真っ先にその場から逃げ去るはずだ。

でもこの大男は逃げずにこの場で仕事を続けている。ということは、盗人は別にいるということだ。

ルイスと大男が口論を繰り広げ、野次馬《やじうま》達が集まってきた。

俺はその野次馬達の顔を順番に見つめていく。その中にいた一人の男が、俺と目が合った瞬間慌ててその場から逃げるように立ち去るのが見えた。

「ルイス！　この人じゃない！　宝石を盗んだ男の人はあっちに逃げてったよ！」

「本当ですか⁉　逃がしませんよぉ！」

俺の言葉に反応したルイスが、すぐさま逃げた男を追いかけ始める。

しかし周囲に集まっていた野次馬達のせいで、中々その場から抜け出すことが出来ずにいた。

ルイス一人ならこんな人混みすぐにかき分けて、簡単に捕まえられただろう。

だが今は俺を抱えているせいで、思うように進めずにいたのだ。

このままでは男に逃げられてしまう。そう思った次の瞬間だった。

「いだだだだぁ！　わ、悪かった、や、やめてくれぇ！」

人混みの向こうから男の悲鳴が上がったのだ。俺とルイスは急いで、その声の元へ向かって進んでいく。

ようやくその場所へと辿り着くと、そこには先ほどの銀髪の女性に腕を捻《ひね》り上げられ、地面に突っ伏しながら涙を流す男の姿があった。

「わ、悪かったって！　魔が差したんだ！　地面に落ちてたからつい……返すから許してくれよ！」

そう言って弁明《べんめい》する男に対し、女性はキョトンとした顔で首を傾げてみせた。

「何を言っているんです？　そんなことより、あなたが私にぶつかったせいで、折角買ったお昼ごはんが台無しになってしまいました。弁償《べんしょう》してください」

彼女はそう言うと、地面に落ちていたパンのような物体を指差して男に詰め寄ったのだ。

どうやら彼女は男が盗人だから捕まえてくれたのではないらしい。

まさかまたこの女性に会うことになると思わなかったが、俺は意を決して男の腕を捻り上げる彼女に声をかけた。

「あ、あのすみません！　その男の人、僕が買った宝石を盗んだ人なんです！」

俺の声が聞こえた女性は、男の手を捻りながらこちらに顔を向けた。声の主が先ほど会話をした少年だと気付いたのか、彼女は赤い目を僅かに見開く。

「あなたは先ほどの男の子？　……私の昼食を台無しにしただけでなく、この子の宝石まで盗んだというのは本当ですか？　本当なら今すぐ返しなさい」

「いだだだだ！　か、返します！　ズボンの右ポケットに入ってますから！　どうか許してください！」

宝石を盗んだと知った女性が、男の腕をさらに強く締め上げると、男は大きな悲鳴を上げながら、自白した。

その言葉が真実であることを確認すべく、ルイスが男のズボンの右ポケットに手を突っ込んだ。

程なくして、ポケットから手を引き抜いたルイスの手には二つの宝石が握られていた。

「ふぅ。無事に犯人が見つかって良かったですな。さて、この者はいかがいたしましょう？　騒ぎを聞きつけた衛兵達がやってくるようですし、このまま引き渡してしまいましょうか」

ルイスがそう口にしながら、首を左側に向ける。

その方向からガシャガシャと金属がすれる音が近づいていた。どうやら騒ぎを聞きつけた衛兵達がこちらへ向かってきているみたいだ。

このまま男を捕まえていれば、彼は間違いなく逮捕《たいほ》され罰《ばっ》せられることになる。

盗みを働いた相手がお忍びで街を訪れていた第六王子と分かれば、その罰はかなり重いものになるだろう。

それは俺が望むものではなかった。

「そこまでしなくていいよ、ルイス。許してあげよう？　落としちゃって気付かなかった僕達も悪いんだから！」

俺はルイスを見ながらそう答え、女性の手の上に自分の手を重ねる。

女性は少し驚いた表情を浮かべながらも、捻り上げていた男の手からゆっくりと自分の手を離した。

拘束が解かれた男は急いで立ち上がると、俺達にお礼の言葉を述べてから逃げるようにその場から離れていった。

「我々もこの場から離れましょう。騒ぎを起こしたと知られれば、最悪の場合、外出が禁止されてしまうかもしれません」

「いぃ⁉　それはヤダ！　急いでここから離れよう！」

騒ぎを起こしたことがバレれば面倒になると思い、衛兵達が来る前にその場をあとにすることにした。

男を確保してくれた女性の手を取り、ルイスが人気《ひとけ》のないところへ進み始める。

女性は地面に落ちていたパンを名残惜《なごりお》しそうに見つめながらも、俺達と共にその場をあとにした。

それからようやく落ち着いた場所についたところで、ルイスが女性に向かって改めて感謝の言葉を伝えた。

「この度はありがとうございました。あなたのおかげで無事に宝石を取り戻すことが出来ました」

「いえ、たまたまです。あの男が私にぶつかっていなかったら、きっと無視していたでしょうから。気にしないでください」

「偶然とは言え、あなたが捕まえてくださったおかげです。実は私は王家の関係者でして、何か出来ることであれば、お礼をしたいのですが。何かお困りごとなどございませんか？」

ルイスの提案に、女性の瞳が一瞬揺れる。

もしかすれば、使用人試験で便宜《べんぎ》を図《はか》ってもらえるかも。そう考えたのだろう。

だが彼女がその考えを必死に抑えていることが俺には分かった。彼女の唇《くちびる》が、真一文字《まいちもんじ》に閉じたまま頑なに開こうとしなかったから。

そんな健気な姿を目にし、俺は思わず彼女を助けてやりたい気持ちになった。

あの夜の一件があって以来、女性から距離を取ろうとしていた俺が、なぜか彼女に対してはそういう感情を抱いていたのだった。

「使用人試験に落ちちゃったんでしょ？　もう一度受けさせてあげたら？」

「そうだったのですか？　でしたらそうしましょう。私が口添《くちぞ》えすれば、なんとかなるかもしれません」

俺の話を聞いたルイスが彼女に対してそう提案する。

彼女からすれば願ってもない提案だと思うのだが、彼女はしばらく沈黙《ちんもく》したあと、ゆっくりと首を横に振った。

「……大丈夫です。何度受けても絶対に落ちると思いますから」

「どうして？　さっきの試験と同じ失敗をしないように気を付ければいいだけじゃない？」

俺は彼女に諭《さと》すように告げる。

誰にでも失敗はあるものだ。

それがついさっき起こしたばかりのものであれば、注意してそのミスを起こさないようにすれば、次は受かるかもしれない。

そう考えていた俺だったが、彼女は再び首を横に振ってみせた。

もしかしたら取り返しのつかないミスでもしたのか？　そんな考えが頭をよぎる。

だが次の瞬間、彼女の口から出て来た言葉は、俺の予想を上回るものだった。

「私は……試験を受けていないのです。受けるまでもなく、落ちると分かってしまいましたから」

「試験を受けてない!?　ど、どういうこと？　試験に落ちたから、あんなに落ち込んでいたんじゃないの？」

彼女の言葉に動揺しながらも、なぜ試験を受けなかったのか問いかける。ルイスも同じ気持ちだったのか、驚いた様子で彼女の顔を見つめていた。

そんな俺達の目から逃れるように、彼女は下を向いて黙り込んでしまう。

それからしばらくうつむいていたあと、彼女はゆっくりと顔を上げた。

ぱっと見では分からないが、よく見るとその頬《ほほ》が僅かに紅潮《こうちょう》しているのが分かる。

それから彼女は深く息を吸ったあと、意を決したように語り始めた。

「私が落ち込んでいたのは、自分の勘違いが恥ずかしかったからです。試験内容にある『実技』を……実践的な剣技を見せる試験だと勘違いしていたのですから」

「え？　じ、実践的な剣技？　嘘でしょ!?」

疑いたくなるような内容に、俺は思わず間髪容れず聞き返してしまった。

だが彼女が恥ずかしさを堪えながら首を横に振る姿を見て、本当の話だったのだと理解する。

「失礼ながら、なぜそのような勘違いを？　使用人試験の実技といえば、洗濯・掃除や日常生活での所作、そして紅茶の淹れ方などが一般的かと思われます。あなたの屋敷に仕えている使用人は教えてくださらなかったのですか？」

ルイスの問いかけに俺は無言で頷いた。

ルイスの言う通り、普通の貴族の子であればそんな間違いするはずがないのだ。

試験内容の通達に『実技』と書かれていたとしても、屋敷に仕えている使用人に聞けばどんな試験内容かすぐに分かるはず。

だがそんなルイスの問いかけに、彼女は気まずそうに眼を逸《そ》らしながら答えてくれた。

「私の家に使用人はおりません……それに、騎士の父もそういった方面には疎《うと》く。父も私も実技を剣技のことだとばかり思っていました」

彼女の返答に、ルイスは怪訝《けげん》そうな表情を浮かべた。

俺も同じく彼女に対して疑いの目を向ける。使用人がいない貴族なんて、そんなものいるはずがない。

もしかして彼女は俺達に嘘をついているのか？　お忍びで街にやってきた俺達に近づくために、

こんな手の込んだ真似をして……

まさか暗殺!?

そう危機感を覚えた矢先、ルイスがハッとした表情を浮かべた。それから何かを確かめるように、彼女へ問いかけたのだ。

「もしかして、あなたの家名はセリオンではありませんか？」

「はい……私はルナ・セリオンと申します」

ルイスの問いかけに彼女――ルナがそう答えると、ルイスは納得したように頷いていた。

状況が把握出来ないのはどうやら俺だけのようで、俺はルイスに説明するよう問いかける。

「どういうこと？　どうして彼女の家名がセリオンだったら、使用人がいなくても仕方ないってなるの？」

「ああ、アルス様はご存じありませんでしたね。セリオン家は騎士爵《きししゃく》なのですよ。数年前にあった魔獣災害の際に、多くの魔獣を討伐した功績をたたえ、彼女の父上であるガルマ様に爵位が下賜《かし》されたのです」

ルイスの説明を聞き、俺は心の中で納得していた。

騎士爵とは貴族階級の中で最下級の爵位。使用人がいないのも理解出来る。

爵位としての価値はほとんどなく、貴族でありながら貴族でないと呼ばれるほどなのだ。

しかも基本的に爵位が子に引き継がれることはなく、一代限りで終わってしまう。

だが逆に言えば、彼女の父上が存命の間は、彼女も立派な貴族の子であるという訳だ。

「ですので、彼女が試験内容を理解出来ていなかった点も腑《ふ》に落《お》ちます。ただ……そのような事情なら残念ながら試験に受かるのは難しいでしょう。お力になれず申し訳ありません」

ルイスは少し申し訳なさそうに彼女へ告げた。

だが彼女もそれは分かっていたのか、現実を受け入れるかのように首を横に振る。

それでもやはり落ち込んでいるのか、しょんぼりと肩を落としている。

そんな彼女の姿を見て、俺は咄嗟《とっさ》にその白い手を掴んでいた。

俺に手を掴まれて、彼女は一瞬驚いたように目を見開く。

だがすぐに俺を心配させないようにと、僅かに口角を上げて微笑みを浮かべてくれた。

その微笑みがあまりにも眩しかったからなのだろうか、それとも他に理由があったのか、今となっては思い出せない。

だが次の瞬間、俺は彼女の手をしっかり掴んでこう口にしていたのだ。

「ねぇ！　僕の専属メイドになってよ！」

俺がそう口にした時のルイスの焦りようといったら、宝石をなくした時の比ではなかったことを俺は生涯《しょうがい》忘れないだろう。

これが俺とルナの出会いである。

——とまぁ、そんな形で晴れて俺の専属メイドになったルナだったのだが、初めは散々なものだった。

家事はもちろん出来ない。

メイドとしての所作も紅茶の淹れ方もままならない。

その状態で過ごしているものだから、兄様達の息がかかった使用人達からいびられることも多々あったようだ。

しかし持ち前の『勘違い力』を発揮したルナは、そのいびりすらも先輩からの優しい指導だと勘違いしていた。

その結果、ルナの家事力はメキメキと上達し、他の使用人達も何も言えなくなっていったのである。

だが、それだけで兄様達が用意したメイド達が引き下がる訳もなかった。

ルナが俺の専属メイドとして仕事を任されるようになって数日。

ある事件が起きた。

その日、自室でくつろいでいた俺とルナの元へ他のメイド達が数人で押しかけて来たのだ。

そのうちの一人の手には、ボロボロに引き裂かれた俺の服が握られていた。

「アルス様！　これをご覧ください！　アルス様のお召し物がズタズタに裂《さ》かれ捨てられているのを見つけました！」

そう俺に訴えかけてきたのは、レオン兄様から与えられたペトラだった。

ペトラは俺に紅茶を淹れてくれているルナを見て、ニヤリと笑みを浮かべている。

そんな彼女の後ろに立っていたメイド達が、追撃とばかりに口を開きだす。

「ルナの部屋の前に落ちていたのです！　きっと彼女がやったに違いませんわ！」

「私もそう思います！　彼女はいつもアルス様の不満を口にしていましたわ！」

「きっとアルス様に嫌がらせするためにやったのです！　これだから騎士の家のものは嫌ですわ！」

次々にルナを非難するメイド達。だが当の本人はというと、いつもと変わらぬ無の顔で彼女達を見つめていた。

「な、なんとか言ったらどうです！　あなたがやったのでしょう!?　違うというのなら証拠を出してみなさいな！」

「そうよそうよ！　あなたがやっていないという証拠を出してみなさい！」

ルナに見つめられ一瞬動揺していたペトラだったが、すぐに余裕の表情を浮かべてルナに詰め寄っていった。

他のメイドもペトラの援護をしていく。

なぜか服を傷付けられた本人だというのに、会話に取り残されてしまった俺。

どう見てもルナを貶《おとし》めようとする彼女達の策略だと分かっていたため、俺は呆れた様子でペトラ達のことを見つめていた。

やってない証拠を出せなんて、まさに悪魔の証明だ。

そんなこと出来るはずがないと分かっているから、ペトラ達は勝ち誇っているのだ。

だが彼女達は知らない。ルナは想像の斜め上を行く生き物だということを。

「承知しました。私がやっていないと証明すればよいのですね？」

ペトラ達の言葉にルナはスンとした顔でそう答えた。

まさかそんな言葉が返ってくるとは思っていなかったペトラ達はぽかんと口を開いたまま固まっている。

そんな彼女達を尻目に、ルナは俺に頭を下げてきた。

「アルス様。失礼ですが、護身用の剣をお借りしてもよろしいでしょうか？」

「あ、うん、いいよ！」

「ありがとうございます。ではお借りいたします」

ルナはそう言って俺から剣を受け取ると、ペトラ達に向かって二歩進んだ。

そして次の瞬間、鞘から剣を引き抜きそれを構えたのだ。

「ちょ、あなた何をする気――」

ペトラの制止も聞かず、剣を振るうルナ。

風を斬るようなヒュンという音がした。

その直後、ペトラが持っていた俺の洋服が細切れになって床に落下していった。

何が起きたか分からないペトラ達に、剣を鞘にしまったルナが口を開く。

「私がやるなら、これくらい細かくします。先ほどの切り傷は、ズタズタで見るに堪《た》えないものでした。おそらく切れ味の悪いはさみか何かで切ったのでしょう」

ルナはそう答えたあと、俺に剣を返して再びスンとした表情へと戻る。

シーンとした空気の中、呆然とした顔で細切れになった服を見つめるペトラ達。

「うん、まぁ……そういうことみたいだから！　後片付けよろしくね！」

「は、はい……」

俺に場を収められ、ペトラ達は悔しそうに服を片付けていく。

このあと、部屋をあとにするペトラ達に「弁明の機会を与えていただき、ありがとうございました」ととどめの一撃を放ったルナ。

この件がきっかけとなり、彼女は正真正銘の俺専属メイドになったのだった。

ちなみにその後、俺がひょんなことからした発言のせいで、俺はルナから剣の稽古を受ける羽目になった。その結果半殺しにされかけたのだ。

彼女が騎士の娘であることを失念していた俺も悪かったのだが、それでもあれはやりすぎだ。

だが俺が受けた稽古は、ルナが幼少期に父親から受けたものと同じだったようで、彼女はそれを難なくこなしていたそうだ。

その話を聞いた時、俺は彼女の強さの一面を知った気がした。

◇

「それでアルス様。次回からは私が剣の稽古に付き合うということでよろしいでしょうか？」

ふいにルナが俺の顔を覗き込みながらそんなことを口にした。

彼女との過去を思い返していたらすっかり何の話をしていたか忘れていた俺は、首を傾げながらルナに問い返す。

「……ん？　一体何の話だ？」

「ですから、剣の稽古についての話です。次回からは私が指導させていただければと……」

「あ、ああそういえばそんな話だったか！　だから何度も言うがお前と稽古する気はないって！」

ルナに再度提案されてようやく話の内容を思い出した俺は、首を横にブンブンと振り回す。ルナと稽古なんてたまったもんじゃない。

だが俺に断られたルナはしょんぼりと肩を落としてしまった。

落ち込む彼女の姿を見て、俺はそれらしい理由を付け加えて、何とか彼女の機嫌を戻そうと試みる。

「それに、レオン兄様が直々に稽古へ誘ってくれているんだ。それを断ったら俺の立場が危ぶまれるだろ？」

「……承知いたしました」

俺の言葉に、ルナは渋々納得した様子を見せる。

正直に言えば、ルナが手加減というものを覚えてくれたのなら、彼女に稽古をしてもらう方が百倍楽だろう。

兄様達に気を使う必要もなければ、俺のやめたい時に修業をやめられるのだから。

だが彼女が剣において手加減などという便利なことを覚えられるはずもないことは既に理解している。

こと剣に関して何かする時だけは、彼女から距離を取っておくべきなのだ。

だがそんな俺の希望もむなしく、怪我の治療を終えたルナが名案を思い付いたという顔をしながらポンと手を叩いた。

その瞬間、俺の背筋に寒気が走る。

「では次回からの稽古には、私も同席いたします。その方がアルス様も集中出来るでしょう」

「ん？　ん？　なんでルナがいれば、俺が稽古に集中出来るんだ？　むしろなんか変なことしないか不安になって集中出来ない気がするんだが？」

なぜその答えに至ったのか理解出来ないでいる俺に、彼女は子供に勉強を教える時のように優しい声で、その理由を説明してくれた。

「アルス様がお怪我をした際、私がすべて治癒いたします。そうすれば、アルス様が満足行くまで稽古に集中出来るかと。稽古を途中で離脱するのは、アルス様もお辛いでしょうから」

そう言ってルナは誇らしげに胸をそらす。

俺の意思とは正反対の発言に、俺は呆れたようにため息を零した。

しかし彼女の申し出が、なんの裏もない心からの提案だと分かっているから断り辛かった。

「そうか……じゃあ今度からよろしく頼むよ」

「はい。お任せくださいませ」

こうして、俺はルナの申し出を受け入れるのだった。

第二章

魔法と剣術の稽古に参加するようになってから、あっという間に二年の月日が過ぎた。

俺は十二歳になり、魔法と剣の腕もそこそこなものになってきている。

もちろんそれを表に出すことはせず、普段は非力で平凡な第六王子を演じていた。

それもすべて派閥勧誘から逃れ、権力争いという醜《みにく》い惨劇《さんげき》で身を滅ぼさないためなのだが。

そんな穏やかな日々を過ごしていたある日――

「最悪だ……」

右手に持った紙を見ながら、俺は一人途方に暮れていた。

その紙には『宮廷魔導士団、遠征訓練への招待』と記されている。

「『来週末にスノール地方にて特殊魔法の発動試験が行われます。つきましては、アルス様にも本遠征に参加していただきたく――』……参加していただきたく、じゃねえよ！　日程被らせやがって！　俺にどっちか選べって言ってるようなもんじゃねぇか!!」

俺はそう言って両手をテーブルに叩きつけた。

ちなみに左手には『騎士団遠征訓練への招待』と記された紙が握られていた。

こちらはレガンダ地方に出現したホブゴブリンの討伐に俺を招待するもの。

その日程が、魔導士団の遠征ともろ被りしているのだ。

「両方断るのが最善なんだろうが、その理由がない……。しかも、よりによって兄様達の名代《みょうだい》ってのが、ますます断り辛い。二人とも性格悪すぎだろ！」

兄様達の名代として招待されている以上、立場的に断ることは難しい。

しかも日程が被っている以上、俺はどちらへ行くかを選択しなければならない。

選ばなかった方の兄からは、間違いなく嫌われることになるだろう。

「遠征に行く前に断りを入れればいいと思ってたが、その逃げ道も塞《ふさ》がれてる。マジで最悪だ……」

俺はこの手紙が来た当初、魔導士団の遠征に行くと決めていた。

特殊魔法というのがなんなのか気になるし、レオン兄様にはまた遠征に誘ってくれと直接弁明すれば、そこまで影響は出ないだろうとふんだのだ。

しかし、兄様達は偶然来週末まで王城にはいない。

それぞれ用があるとかで護衛数人と共に地方へ行ってしまっている。つまり、俺がレオン兄様に直接言い訳する機会はないのだ。

そして気がかりな点がもう一つ。それは遠征の内容についてだ。

特殊魔法の発動試験といえば響きは良いかもしれないが、どうせ今回やる魔法は魔導士達が秘密裏に発動試験を完了させているのだろう。

それを俺に発動させ、表向きの成功者にするつもりなのだ。

そしてそれは騎士団の方も同じ。

地方で出現した魔物を討伐しに行くのはよくあることだが、ホブゴブリン程度で騎士団が出張る必要はない。

おそらく、魔物を討伐したことがない俺にちょうど良い相手だと思って、レオン兄様が引き受けたのだろう。

つまりどちらの遠征に行っても、俺は遠征の功労者《こうろうしゃ》に仕立てられる。

そうなれば弁明する暇もなく派閥の有力者として評価され、俺は政権争いに巻き込まれることになるだろう。

「クソ……どうにかして、遠征に行かなくてもいい理由を見つけないと。遠征の前日に、足でも骨折させれば。いや、治癒士総出で治療されるのがおちだ……だぁークソ!!」

どうにも良い案が思いつかず、頭を抱え込んでしまう。

兄様達の招待を断るためには、二人よりも上の立場の人に予定を組んでもらうしかない。

しかし、そんな存在は俺が知る限り第一、第二王子と、国王の三人しかおらず、その三人が俺を何かに誘うことなんてあり得なかった。

「はぁ……」

途方に暮れ、思わずため息を零す。

もう俺に逃げ道はない。となれば、覚悟を決めてどちらの兄に付くか考えるしかなかった。

その時、部屋の扉がノックされ、メイドのルナがやってきた。

「アルス様。お食事の準備が整いました」

その言葉に俺は近くにあった時計を見る。遠征について考えていたらもうこんな時間になっていたとは。

「ああ、分かった。少ししたら行くから、先に準備だけしといてくれ」

俺はルナにそう告げると、再度手紙を手に取って椅子に座り直す。今日はこの王城に俺以外の王子は誰もいない。

レイナ姉様も先月から、学園に入学したため不在。

つまり食事の場に急ぐ必要がないんだ。先にどちらの遠征に行くか決めてしまおう。

そうすればゆっくりと食事をとることが出来る。その後は紅茶を淹れてもらって、一日ゆっくりと過ごすことにしよう。

「さてと、どっちに行こうかねぇ。特殊魔法は見てみたいが、ホブゴブリンの討伐も捨てがたい。

ただ将来的に、どっちの派閥が勝つかを見すえて選ばないと」

ブツブツと独り言を言いつつ考えていると、ある異変に気が付いた。背後に人のいる気配がするのだ。

俺は手紙を机の上に置き、背後の扉へと目を向ける。

そこにはまだルナの姿があった。

なぜか扉の前で立ち尽くしたまま、一向に部屋から出ていく気配がないルナに問いかける。

「どうした、ルナ。何か他に用事でもあるのか？」

「はい。本日は昼食にユリウス陛下がお見えになります」

無表情のルナから伝えられた衝撃の内容。俺は慌てて椅子から立ち上がり、手紙を引き出しの中へとしまった。

「父上が昼食に来るだと!?　分かった、すぐに行く！」

俺は急いで部屋を出ていき、食堂へ向かって進んで行く。

その間も無表情で俺についてくるルナ。専属メイドになってからしばらく経つルナだが、どうにもマイペースなところは変わらない。

「あのな、ルナ。こういうことは真っ先に俺に伝えるようにしなきゃダメだろ？　お前が伝え忘れたせいで、俺が恥をかくことになるんだから」

「申し訳ございません。お伝えしようとしたのですが、集中していらしたので」

俺に怒られているというのに、ルナの無表情は崩れる気配がなかった。

だが長年の付き合いである俺だからこそ分かるものがある。ルナは今、凄くショックを受けているということが。

それに気付いた俺は慌ててルナを慰《なぐさ》めた。

「ま、まぁ、次から気を付けてくれればいいよ！　ルナなら二度は失敗しないもんな！」

「はい。次からは真っ先にお伝えいたします」

俺に励まされて少し元気を取り戻すルナ。

彼女はこういううっかりミスが多い。そこをつつかれ、ルナは何度も他のメイド達から怒られている。

しかし、その度に俺は彼女を庇ってきた。なぜかって？

この生きづらい王城の中で、ルナが唯一の癒しの存在だからだ。

仕事に一生懸命でいつも無表情なのに、俺に褒められると、その顔を少しだけ緩める。

そんな彼女の表情があったからこそ、俺はこれまで生きてこられた。

ルナにはこれからも俺の傍にいてもらわないと困る。これから先、待っている地獄を生き抜くためにも。

それからしばらく無言で歩き、俺達は食堂の前に到着した。

ルナが扉の前に立ち、俺の顔を見つめる。

俺は襟《えり》を正し、深く息を吸った。

覚悟を決めた俺の瞳を見て、ルナが無言で扉を開く。

その先に、父上——ユリウス・ドステニア国王の姿があった。

「おお、アルスではないか！　元気にしていたか⁉」

父上は俺の顔を見ると、嬉しそうに笑みを浮かべながら俺の元へ歩み寄ってきた。

そのままの勢いで、力いっぱい俺を抱きしめる。

数ヵ月ぶりに会った父上は、相も変わらず凄まじいオーラを放っていた。

「お久しぶりでございます、父上！　父上もお変わりないようで、安心いたしました！」

「フハハハ！　まだまだお前に心配されるような歳ではないぞ！　さぁ、今日は久しぶりの親子での食事だ！　たっぷりとお前の話を聞かせてくれ！」

そう言って俺の手を取り、自分が座っていた席の近くへと俺を連れていく。

久々の父上との食事に緊張しながらも、俺達は食事を取りながら会話を弾《はず》ませた。

「時にアルスよ！　稽古の方は順調のようだな！　クルシュ達がお前にも早く仕事を与えろと、急かしてくるぞ！」

「アハハ……兄様達は私を過大評価しているだけです。まだ私には学ぶべきことが多いですから」

父上の言葉で、手紙の内容が頭をよぎる。

まさか兄様達が父上にまで俺の話をしていたとは。来週末の遠征も、既に父上に相談しているのではないかと不安がよぎる。

「そう謙遜《けんそん》することではない！　お前が類《たぐい》まれなる魔法の才を持つ上に、騎士団の猛者《もさ》とも渡り合える剣の実力を持っている話は耳にしておる！」

「それは皆が話を大きくしているだけです！　低位の魔法しか扱えませんし、剣だって見習の兵士達を倒すのでやっとですよ！」

俺がそう言うと、父上はニヤリと口角を上げた。

正体を見透かされているかのような瞳でジッと見つめられ、俺は思わず顔をそむけてしまう。

もしかしたら俺の実力は既に父上にバレているかもしれない。

父上は子飼いの暗部を抱えているという噂がある。そいつらが俺の情報を持っていて、父上に報告しているという可能性も考えられる。

しかし俺はあくまでも表では平凡な王子を演じている。だからこそ、父上も深くまで追求してこないのだろう。

「そうなのか？　クルシュとレオンの話では、師団長を任せられるほどだという話であったのだが……ワシからも仕事を任せてみようと考えていたのだぞ？」

「私に公務なんて早すぎますよ、父上！　それこそ、あと五年ほど稽古をして、兄様達の手伝いから始めるべきだと思います！」

俺がそう進言すると、父上は白く伸びた髭《ひげ》に手を当てて黙りこんだ。

仕事なんてまっぴらごめんだ。

ここで変に父上から評価されたら、最悪王位を継げとか言われる気がしてならない。ここは穏便に済ませるのが吉だ。

「アルスがそう言うのであれば、そうしよう。しかし、そうなると困ったのう。お前に任せようと思っていた仕事を誰に任せるとするか……」

「一体どんな仕事だったのです？　簡単な仕事であれば、私も見学させていただきたいのです！」

仕事はやりたくない。だがこれは遠征を断るいい口実になる。

俺はあくまでも見学者として、この仕事に同行する。

仕事の内容にもよるが、父上からの依頼であれば兄様達の遠征を断っても何も問題はない。

まさかここで不安の種がなくなるとは。父上最高!!

そんなテンション爆上げの俺をよそに、父上は深刻そうな面持ちで話し始めた。

「最近、エドハス領の領主を横領《おうりょう》の罪で摘発《てきはつ》してなぁ。あ奴め、横領だけではなく帝国の奴らとも繋がっておったのじゃ」

「帝国と⁉　大問題ではありませんか！　帝国とは和平条約を結んでいるとはいえ、数年前まで戦争していたのですよ⁉」

帝国といえば、実力主義国家。自分達が最強だと信じてやまない帝国は、数年前まで我が国と戦争していたらしい。

つまり、今は和平条約を結んでいるとはいえ、安易に繋がりを持っていい国ではないのだ。

「もちろん、領主本人は処刑《しょけい》。そいつにかかわっていたと見られる者達も裁きは終えておる。帝国との繋がりも途絶えただろう」

父上の言葉に、食堂に緊張が走る。

自業自得とはいえ、領主が処刑されるということはかなりの罪を犯していたということになる。なんらかの機密情報を帝国側に流していたのかもしれない。

静まりかえった食堂に、父上の深いため息が響き渡る。

「はぁ……問題は領主がいなくなってしまったことの方でな。そこで、次の領主が決まるまでの間だけ、お前にエドハス領を任せてみようと思っていたのだ」

「私が領主の代わりですか？　私よりも適任がいるのではないでしょうか？　隣領の領主にでも任せるとか。私にはまだ、領主を務める自信もありませんので……」

俺はそう言って父上に頭を下げる。

魔法の才があろうと武の才があろうと、領主の代わりになるなんて出来るはずがない。

確かに、立場的には第六王子である俺ならば領主代理になってもおかしくはないだろう。

だが統治は無理だ。俺にそんな才能あるはずがない。

それに、領主になれば多くの人の人生に関わることになる。

そんな仕事なんて、死んでもやりたくない。

俺が父上に謝罪をすると、食堂は再び静寂に包まれる。父上の顔を見ると、少し残念そうに俺の方を見つめていた。

でもしょうがないだろ。いくら俺が政治に巻き込まれず自由に過ごしたいからって、領民達を蔑《ないがし》ろにすることは出来ない。

父上に見つめられながら黙ること数分、流石に諦めたのか、父上はため息を零して首を横に振った。

「クルシュやレオンもお前を評価しているし、アルスであれば政治面でも腕を振るってくれると思ったのだが……仕方がないか」

父上は諦めてくれたのか、食事に意識を戻す。

俺もそれに合わせて食事を再開する。

しかし、これで仕事の話がなくなってしまったのは残念だ。

そうなると、遠征も断れなくなってしまった。

仕方がない。昼を食べ終えたらもう一度どちらの遠征に行くか考えるとしよう。

それから一旦悩むのをやめて、スープを口に運ぼうとしたその時だった。

俺の脳内に一つのアイディアが思い浮かんだのだ。

それは、まさしく己の野望を叶えるためだけのもの。他人の将来など微塵も考えていない、最低最悪なプランであった。

俺は食事の手を止め、その場に立ち上がる。

何事かと俺の方に顔を向けた父上の瞳を、まっすぐに見つめ返しながら俺は口を開いた。

「父上！　やはり私がエドハス領に向かいましょう！　王族の血を引く者として、一刻でも早く民の不安を拭い去らなければ！」

「ど、どうしたのだ、アルス！　今しがた、自信はないと言ったばかりではないか！」

「思えば私には覚悟が足りておりませんでした……自信などやればあとでついてくるもの！　今は民を安心させるのが私の役目！　明日にでも王城を発《た》ち、エドハス領の領主として、立派に務めてまいります！」

「おおお‼　そうかそうか！　それではそのように手配しておこう！　頼んだぞ、アルスよ！」

そう言って父上は嬉しそうに立ち上がり、俺の元へと歩み寄ると、先ほどよりも力強く俺のことを抱きしめてくれた。

俺も父上と同じくらいの力で抱きしめ返す。

こうして、俺の自由気ままで最低最悪な人生計画がスタートしたのだ。

◇

「うーーん！　出発日和《びより》だぁ、なぁルナ！」

「そうですね。雨でびちょびちょ、最悪です」

俺がエドハス領へと向かう日。王城を発つその瞬間から、王都に雷雨が押し寄せてきた。

出発を明日に延期した方が良いのでは？　という声も出たが、俺はその声を押し切って王都を発った。

それから数日かけて馬車で移動し、いくつかの街を経由して俺達はようやくエドハス領内についた。

その間ずっと雨が降りっぱなしという、稀《まれ》にみる異常気象だったのだが、これから俺がエドハスで行う所業を鑑《かんが》みれば、この最悪の出だしも仕方がないのかも知れない。

俺がエドハス領で何をやろうとしているのか。

それを話すにはまず、俺が今置かれている状況を整理する必要がある。

まず俺が今目指しているもの、それは政治面で面倒事にかかわる必要もなく、王子という立場も確保しながら、王城で自由に生活することだ。

その目標を達成するにはある障害を取り除かなければならない。

それは王位継承権争いからの脱却《だっきゃく》、兄様達からの派閥勧誘の根絶《こんぜつ》だ。

俺は今、クルシュ兄様やレオン兄様、そして父上からも武や魔法の才能がある人間だと思われている。

そして今回エドハス領になって、政治面での才能もあると思われてしまえば、ますます派閥への勧誘が激化してしまうだろう。

そんな状況下で、なぜ俺が父上からの仕事を引き受けたのか。

それは、兄様達に『アルスは武や魔法の才能はあっても、政治の才は皆無。むしろ派閥に入れるとデメリットしかない』と思わせるためだ。

そう思われれば派閥への勧誘はなくなり、俺は王城で自由気ままに過ごすことが出来る。

そのためには、領主としての才能がないことを示さないといけない。

そこで俺が目指す領主像を決めた。

それは『ちょい悪徳領主』だ。

あくまでも『ちょい悪徳』というのが大事で、完全な悪徳領主は目指さない。

エドハス領の前領主のように悪の限りを尽くしたら、流石に王子でもおとがめなしとはいかないだろう。

王城から追放されるだけならまだいい。

だが国外追放なんてされたら生きていける自信がない。

そんなことになったら、俺の目指す自由気ままな王子ライフは手に入らなくなってしまう。

ということで、俺の当面の目標はエドハス領で『ちょい悪徳領主』として生活することだ。

「アルス様。そろそろハルスの街に入ります。ここがエドハス領内で最も栄えている街です」

「おお！　ようやくついたのか！」

ルナの言葉に、俺は窓から街の方へと目を向ける。

門を通り抜けると、窓の向こうに多くの人が行きかっていた。

俺がこれまでいた王都よりも少し田舎《いなか》っぽさを感じてしまうが、商店はいくつかあるようだし、平均的な街に比べたらかなり栄えているだろう。

それに王都では見かけなかった種族の人々の姿も見える。首輪をつけて、小汚い格好をした人達がそれだ。

その中には、頭に角を生やしている者もいた。

「ルナ……あれは魔族か？」

彼らを指さしながらルナに問いかけると、ルナは一瞬眉をひそめたあと、静かに話し始めた。

「そうですね。あれは魔族の奴隷です。最近では魔族がドステニア国内に移住してきていると噂で耳にしたことがあります。おそらく、そこから奴隷落ちした者達でしょう」

「そうなのか……なんかこうしてみると、角とか肌の色がちょっと違うだけで、人間と変わらないんだな」

魔族といえば、昔は人間と争っていた存在として知られている。

だが今はその戦争も集結し、魔族と交流を盛んに行っている国もある。

我がドステニア王国もその一つだが、彼らもまさか移住した先で奴隷に落ちるとは思ってもみなかっただろう。

街の中を進んでいくと、少し街並みが綺麗になり始めた。

適当だった道の舗装《ほそう》が丁寧になっており、街灯《がいとう》の数も多くなっている。建っている家の外観も、先ほどよりも小綺麗だ。

おそらくここから先は街の重役達が暮らすエリアなのだろう。

そう考えていると、ルナが窓の向こうを指さした。その先には一際大きい屋敷が見える。

「あちらが前領主の屋敷になります。本日からあの屋敷がアルス様と使用人共の住居になりますのでご承知おきください」

「ああ、分かった。……あの屋敷で誰か殺されたとか、そういうのないよな？」

「大丈夫かと思われます。前領主を捕縛した際も、無傷でとらえたと聞いております」

「そうか！　それならいいんだ！」

ルナの言葉に俺はほっと胸を撫で下ろす。誰か惨殺されたとか、事故物件だったらたまったもんじゃない。

でも確か、主寝室を使ってた前領主は処刑されたんだったよな……

「一応念のため、俺の寝室は前領主の使っていた場所とは違う部屋にしてもらえるか？　多少狭《せま》くなっても大丈夫だからさ！」

「承知いたしました。他に何かご要望があれば事前にお申し付けください」

「んー……今のところはそれくらいで大丈夫だ。よろしくたのむぞ」

これで俺の寝室に亡霊が出現する危険性はなくなった。

念には念を入れて、あとで教会の司教を呼んで除霊と浄化の魔法をかけてもらおう。

この世界では普通に亡霊の魔物なんかが存在している。

だが、そこで頼れるのが教会だ。この人達の魔法にはちゃんと効果がある。

しっかり浄化してもらえば、俺も安心して眠りにつけるだろう。

それから屋敷への道のりを進んでいき、ようやく長い旅路が終わる。

馬車から降りると、先に王都から出発していた使用人達が列をなして待っていた。

「アルス様！　おかえりなさいませ！」

「ああ。皆もご苦労であった。今日からよろしく頼むぞ！」

「はい！」

使用人達の間を通り抜け、屋敷の中へと入っていく。いよいよ、この屋敷から俺の『ちょい悪徳領主』生活が始まるのだ。

◇

領主代理一日目。

俺は朝食をとったあとすぐ、エドハス領の現在の情勢を知るために資料を読み漁《あさ》るところから始めた。

父上が前領主を捕まえた時に差し押さえた資料や、国が纏めた資料を俺に持たせてくれていたのだ。

適当に政策を打ち出すだけでは、マジモンの悪徳領主になってしまう。

そうなる前にエドハス領の人口、男女比、種族割合だけではなく、特産品、貧富差、納税額、魔物による被害総額……様々な情報を正確に調べなければならない。

それを調べた上で、効率良く悪政を行い、領民の不満を募らせていく。

最終的には領民達の不満が爆発する寸前のところで、領主代理の座から退き、父上に泣きつくところまで持っていければベストだ。

俺は二つの分厚い資料を手に取り、その一つを執事のルイスへと手渡した。

「という訳で、ルイスにはエドハス領の人々の職業の割合と年収の紐《ひも》づけをしてもらいたい。前領主が使っていた資料があるみたいなんだが、正直全く信用出来ないからな」

この資料が出来れば、この領地で誰が裕福《ゆうふく》で、誰が貧乏《びんぼう》か分かるだろう。

何をするにしても、まずは金の流れを把握したい。

「かしこまりました。その内容でしたら一日いただければ終わらせられるかと」

「本当か？　それなら明日までに頼む。何か問題があればすぐに連絡してくれ」

「承知いたしました」

執事のルイスに職業別年収資料の作成を任せ、俺は残った資料に目を向ける。

先ほどルイスに渡した資料と同じくらい分厚い資料。その資料を開き、一行一行丁寧に確認していく。

すると隣でお茶を淹れていたルナが、資料の内容が気になったのか俺に問いかけてきた。

「アルス様は何をご覧になられているのですか？」

「ん？　父上からいただいた資料だよ。この資料にはエドハス領の過去二年間の納税額および、税金の使用先が書かれている。これを見れば前領主が贔屓《ひいき》にしていた団体、人や場所くらいまでは分かると思ってな」

「なるほど……それを知ってどうするおつもりなのです？」

ルナはそう言って首を傾げてみせる。

確かに、それを知ったところで特に意味はないだろう。

税金の使い道が不明瞭《ふめいりょう》でないかの確認くらいにしか使えない資料。

ただここには、俺がエドハス領で『ちょい悪徳領主』を演じるための重要な情報が隠れている。

俺は得意気になって、自分の計画をルナに話し始めた。

「俺もその人達と仲良くさせてもらうんだ。前領主が贔屓にしてたってことは、領内でもそれなりに権力を持ってるはずだろ？　まぁ前領主の横領の件で裁かれてる奴もいると思うけど……それでも中には変わらずに権力を持ち続けてる奴らがいるはずさ」

「その者達と仲良くして、アルス様に益《えき》があるのですか？　それでは前領主と同じように、悪の道に……もしかして、アルス様には処刑願望がおありで？」

ルナはいつもの無表情を崩し、ハッとして俺の顔を見つめてきた。

完全に何かを誤解しているらしい。

ルナとの間には長年付き添って築いた絆《きずな》があると思っていたのだが、ルナが天然だということを失念していたようだ。

俺は慌てることもなく、いたって冷静に話の続きをルナへと語った。

「そうじゃない。俺が領主代理として波風立てずにやっていくためには、そういう奴らとも上手く付き合っていかなきゃいけないってことさ。分かるだろ？」

「なるほど。でしたら私もお手伝いいたします。資料を半分お貸しください」

俺の冷静な態度にルナも納得してくれたのか、今度はやる気満々と言った様子で俺の元に近づいてきた。

俺は慌てて持っていた資料を引き出しの中へとしまい、ルナに取られないように抑え込む。

その行動がルナにとって不満だったのか、眉間《みけん》に一ミリだけシワを寄せ、俺の顔をじっと見つめてきた。

「どうして隠すのです？　その程度の資料作成であれば、私にお任せください」

「い、いやいいよ！　ルナはそこでゆっくりくつろいでてくれ！」

「なぜですか？　ルイス執事長には任せたというのに、アルス様専属メイドである私には任せられないのはおかしいでしょう？」

無表情を崩さないルナだが、その声量はどんどん上がっていく。

他の人からすれば無機質なロボットのように見えるかもしれないが、俺にはルナが怒っているのがすぐに分かった。

このまま怒らせてしまうと、アレが来る……

かといってこの資料をルナに任せる訳にもいかない。

ルナは俺の専属メイドとなるために、あらゆる仕事をこなしてきた。その過程で家事洗濯、俺の身の回りのことに関する仕事は一通りこなせるようになっている。

だが計算がどうにも苦手なのだ。

特に引き算があり得ないくらい苦手で、十引く一をゼロと答えるレベル。

なぜそうなるのかというと、「十匹の魔獣だろうと、私一人で全部倒せます」とかいう理解不能な理由でそうなるらしい。

騎士の家系だからなのか分からないが、思考が脳筋《のうきん》のソレなのだ。だから資料作りを彼女に任せる訳にはいかない。

ひとまずここは適当な仕事を任せよう。

「分かった！　分かったから！　ルナはもう一つの仕事を頼む！　この魔物による被害額の資料から対策案とか出してみてくれ！　滅茶苦茶重要な仕事だから、頼んだぞ！」

先ほど資料をちらりと見た時に気付いたのだが、エドハス領の一部の地域は魔物による被害に悩んでいるらしい。

その対策を立てるのは、元騎士であるルナに向いているはずだ。

「分かりました。それでしたら一日……半日で終わらせます」

「いいか、あくまでも対策案を出すだけだからな！　絶対に実行するんじゃないぞ！」

なぜかルイスと張り合ってみせるルナ。

俺から資料を受け取ると、足早に部屋から出ていってしまった。

一人部屋に残された俺は、引き出しの中から資料を戻し、もう一度頭から資料を読んでいく。

「……前領主が贔屓にしていたのは、まずは冒険者協会に教会か。資金援助をしていたようだが、金の用途《ようと》は建物の修繕《しゅうぜん》用と別におかしくはない。ただ額が高すぎる気はするけどな」

先ほどルナにも話した魔物による被害。それの対策として前領主は街に冒険者を配置し、被害を減らそうとしていたようだ。

その援助資金として、税金を使用している。それは分かるが少し額が多すぎるのが気がかりだ。

だが、ぱっと見はそこまで悪いことをしているようには見えない。

そしてそれは教会についても同じだ。

だが、問題はもう一つの贔屓先。

「なんで奴隷商の建造物の修繕でこんなに費用を払ってんだよ！　どう見てもズブズブじゃねぇか！　もうちょっと上手く誤魔化せよ！」

ただの修繕費とは思えない金額が、前領主から奴隷商に振り込まれていた。

こんなのどう見ても個人の目的のためとしか思えない。

おそらく、前領主は金を渡した見返りとして、奴隷商から奴隷をもらっていたのだろう。

よし、まずは、明日以降この三箇所に挨拶周りをさせてもらうとしよう。

立派な『ちょい悪徳領主』を演じきってやろうではないか。

◇

エドハス領にやってきて四日目。

前領主が残した資料や、父上から拝借した資料の確認もようやく終わり、今日は挨拶回りのために街へ訪れている。

王家の紋が描かれた馬車に乗っているせいか、街中の視線が集中している中、目的地へと向かっていく。

そのまま馬車に揺られること数分。大きな建物の前で馬車が止まった。

「アルス様、到着いたしました。あちらが冒険者協会のハルス支部になります」

「分かった。では行くぞ、ルナ」

馬車の扉を開き、御者《ぎょしゃ》を務めていた執事からそう告げられ、ルナを先頭に外へと降りていく。群衆から向けられた好奇の視線にさらされながらも、毅然とした態度で歩き始めた。

ここは前領主のゾルマが、二番目に多く資金援助を行っていた冒険者協会のハルス支部だ。

冒険者協会というのは、前世でいうハローワークみたいなところで、仕事を求めてやってきた冒険者にお仕事を紹介するところである。

その仕事内容はゴミ掃除から始まり、魔獣討伐まで多種多様に存在する。

本部は王都にあり、各街に支部が存在する。つまりここはハルス支部という訳だ。

だが、その外観を見て俺は違和感を覚えた。

ゾルマはあり余るほどの資金をハルス支部に援助していたはずなのに、所々壁が破損している。

援助内容は、老朽化した施設の修繕だったはずだ。

「ルナ。冒険者協会のハルス支部長は、ゾルマの時から変わってなかったよな？」

「はい。確か名前は、オルト・ドーデマン。十年ほど前から、ずっとハルス支部長ですね」

手に持った資料を確認しながら、ルナが答える。

つまり、オルトは金をもらいながらも、名目通りに資金を使わなかった張本人ということになる。

これは悪事の匂いがプンプンするぜ。

そんなことを考えていると、協会支部の前に立っていたツルハゲ親父が俺達の元へ走ってきた。

その男は額に大量の汗をにじませながら、俺の前で頭を深々と下げる。

「アルス殿下！　お待ちしておりました！　私が冒険者協会、ハルス支部の支部長を務めております、オルト・ドーデマンと申します！　本来であれば私がアルス様に挨拶に行くべきですのに、このような機会を与えてくださり、ありがとうございます！」

口早にそう告げると、男は何度も頭を下げて謝罪し続けた。

その行為のせいで、周囲に飛び散る男の脂汗《あぶらあせ》。それがもの凄く臭い。それを避けるように俺の背後へと回りこむルナ。

俺も距離を取りたいのを必死に我慢し、威圧的な態度で男へ声をかける。

「気にするな。なるべく早く視察を行いたかっただけだからな。早速だが、案内してくれ」

「か、かしこまりました！」

オルトはそう返事をすると、俺達の前を歩いて協会の中へと入っていった。

そのあとに続いて建物の中へと入っていく。

中へと足を踏み入れた直後、部屋の中に充満した匂いに充《あ》てられて、俺とルナは思わず鼻に手を当てた。

「……やけに酒臭いな。冒険者は昼間から酒を飲む連中なのか？」

俺の馬鹿にした態度が気に食わなかったのか、周囲で酒を飲んでいた冒険者達が俺を睨みつけてきた。

その瞬間ルナが俺を隠すように前に立ち、冒険者達を睨み返す。

一触即発の空気が流れ始めた。

オルトが慌てて言い訳をする。

「い、いや、そのですね！　朝に仕事を終えて帰ってくる者もおりますので！　あはは……」

「まぁいい。詳しい話は見学が終わってからだ」

正直、もう少し冒険者達を挑発しておきたかったのだが仕方ない。今日はそれよりも重要な仕事が残っているからな。

『ちょい悪徳領主』として、評価を下げるのはまた今度の機会にしておこう。

それから俺とルナは、オルトの案内のもと協会の中を見て回った。

案の定、建物の中も外と同様に老朽化が進んでいる。

どう見ても、ここ数年の間、多額の資金援助をされていた場所だとは思えなかった。

そんな協会の状態を俺に見せているというのに、オルトは全く動揺した様子を見せない。

自分の悪事がバレていないと思っているのだろうか？　いや、ゾルマが捕まっている以上、それはないだろう。

どのみち、このあと本人に聞いてみれば分かることだ。

視察が終わったあと、オルトは俺達を支部長室へと案内した。そこには俺達用に高級茶葉と高級菓子が用意されていた。

俺の代わりにルナが茶菓子を二人分食べ尽くし、満足そうに口を拭ってみせる。俺は紅茶を一口だけ飲み、無言でカップを置いた。

「い、いかがでしたでしょうか！　我々一同、アルス様のお力になれますよう、精一杯努力していく所存でございます！」

悪臭を漂《ただよ》わせながら、これでもかという勢いで手揉みするオルト。

隠し事など何もないという顔に少しイラつきながらも、俺は今日の目的を果たすために口を開いた。

「そうだな……いくつか聞きたいことはあるが、単刀直入に聞こう。ゾルマが協会に送った、施設の修繕費。一体何に使った？」

「え？　は、ははは！　いやですな、アルス様！　もちろん施設の修繕費として使わせていただきましたよ！」

「ほぉ……外壁も崩れかけ、受付のカウンターは破損。稽古場の防御壁も直ってないように見えたんだが？　一体どこを修繕したっていうんだ？」

俺の言葉に一瞬目を細めるオルト。

だがすぐに申し訳なさそうな顔をしてみせた。

「私共も何度か直してはいるのです！　その度に、冒険者同士の喧嘩が起きるなどして、直したところから壊れていくのですよ！　ははは、まったく、困ったものです」

そう来たか。おそらく、冒険者達に確認したところで、似たような答えが返ってくることだろう。

一部の冒険者とグルになっていれば、調査から逃れるのなんて簡単だしな。

オルトの平然とした態度に俺は確信した。こいつは絶対に何かを隠している。

「オルト。俺はお前を捕まえに来た訳じゃないんだ。この俺が、わざわざお前に会いに来てやっているんだぞ？　仲良くしようじゃないか」

「それは、もちろんでございます！　我々がこうして生活出来るのも、王家の皆様のおかげでございますから！」

意味深な言葉でオルトの味方だと思わせようとしたものの、中々ガードが堅いのかオルトは口を割る様子がない。

もっと強引にいくしかないか。

俺は顎《あご》に手を当て、オルトを睨みつけた。

「はぁ……よく聞け、オルト。ゾルマとの間で起きたことはすべて不問にしてやる。だから何をしていたかすべて吐け！」

「ッ……一体何をおっしゃっておりますやら！　あははは！」

「父上がこのままお前達を見過ごすと思っているのか？　このまま行けば、お前もいずれゾルマみたいに、土を舐めることになるぞ？」

「……」

自分も処刑されるのではないかと動揺し始めるオルト。

しかしそれでもなお、口を割らない。見かけによらず前領主への忠誠心があるのか、それとも単に強情な奴なのか。

まぁあと一押しでこいつも落ちるだろう。

「そうか、そうか！　そんなに土が好きなら、俺の方から父上に伝えてやろう！　数日後には、お前もゾルマと同じく、美味しい土を食べられるようにな！　行くぞ、ルナ！」

「はい、アルス様」

満面の笑みでオルトに告げると、ルナと共に部屋をあとにしようと立ち上がる。その瞬間オルトが焦りで顔を歪ませながら声を上げた。

「お、お待ちください！　すべて……すべて不問にしていただけるのですね？」

「当然だ。王子である俺に二言はない」

俺が再度通告するも、オルトは目を左右に動かして額に汗をにじませたまましばらく口を閉じていた。

俺を信じて話すべきか迷っているのだろう。

だがオルトも覚悟を決めたのか、大きく息を吐いたあと、静かに話し始めた。

「ゾルマ様からいただいた金は……私と一部の冒険者に分配いたしました」

「なるほどな。ずいぶんと懐《ふところ》があったたまったただろう。それで、ゾルマからは何を依頼されていたんだ？」

俺の問いかけにオルトは少し言葉を詰まらせる。そして何度も目を左右に動かし、爪を噛んで身体を震わせ始めた。

横領については口を割ったものの、ゾルマからの依頼内容は話したくないらしい。

だがこれを聞かなければ意味はない。オルトがとんでもない悪事に手を染めていた場合、俺が責められる可能性もあるからな。

それからオルトの顔をジッと見続け、奴が口を割るまで待ち続けた。

残っていた紅茶が空になった時、ようやくオルトが諦めたのか堰《せき》を切ったように話し始めた。

「禁制の精力剤《せいりょくざい》……その素材の採取でございます。それと、女性用媚薬《びやく》の横流しです」

「禁制っていうと、ハナモレアの蜜《みつ》か……バレたら極刑ものだな」

「そ、その、金に目が眩《くら》んでしまいまして」

ハナモレアの蜜は、ドステニア王国で使用を禁止されている精力剤である。もちろん製造することすらも禁止なのだが、実は流通していない訳ではない。

のちに判明したことだが、以前メイドのペトラが俺の紅茶に盛ったのも、このハナモレアの蜜だったのだ。

先ほど言った通り、このハナモレアの蜜の製造は極刑にも値する。

だが俺がそう告げたのに、オルトの表情は少し晴れやかなものになっていた。

内に秘めていたものを吐き出せた安堵からだろうか。少なくとも、自分の行いを後悔しているのは確かだろう。

しかし、禁制の精力剤とはいえ、オルトはその素材を採取したのみ。

おそらくオルトはその製造方法も知らないだろう。となると罪に問えたとしても極刑までにはならないはず。

だがまぁ本人には極刑になるであろう罪をわざわざ不問にしてくれた恩人と思わせておくとしよう。

そして忠誠心を持たせた方が今後のためになる。

「今回は目を瞑《つむ》ってやる。そのかわり、今後は俺に忠誠を誓《ちか》え！　何か情報が入ればすぐに俺に報告しろ！」

「はい!!」

「その報酬として修繕費名目で金は入れてやるから、いくらか懐に入れても構わん。ただし、施設の修繕は必ずしろ！　分かったな！」

「は、はい!!　このオルト、アルス王子に命を捧げさせていただきます!!」

そう言って涙を流し手を組むオルト。当初の予定とは大幅にずれてしまったが、これで手駒が一つ増えた。

俺の『ちょい悪徳領主』生活は一歩前進だな。


冒険者協会をあとにした俺達は、次の目的地へと向かっていた。

街の中心から逸れたところにある細い道を奥へと進んで行く。そこには、王都のものと比べても遜色がないほど立派な教会が建っていた。

その近くには、教会が抱えている孤児院も建っている。

俺達は馬車から降りた。

「お待ちしておりました、アルス殿下」

すると修道服に身を包んだ金髪の女性がやってきた。

この女性がハルスの街のエデナ教の司教、ソフィアだ。

ソフィアは穏やかな表情を浮かべ、聖母のような眼差しで俺のことを見つめてくる。

「急な連絡で済まなかった、ソフィア殿。今日は教会と孤児院の視察をさせてもらいに来たぞ」

「お話は伺っております。どうぞ中へお入りください」

笑みを浮かべながら教会の中へと入っていくソフィア。

俺とルナもそれに続いて中へと入っていく。冒険者協会とは違い、室内には花の香りが漂っていた。

部屋の中も綺麗に保たれており、俺は少しだけ安堵する。

聖母のような彼女が不正を働いていたという可能性が少しでも低くなった気がした。

このまま何も証拠が出ないまま終わって欲しい。

当初の目的とは裏腹に、俺の心の中でそんな感情が出始めていた。

「教会と孤児院の運営についてお聞きしたいとのことでしたので、資料を用意させていただきました。どうぞご覧になってください」

ソフィアがそう言いながら手渡してきた資料を机の上に置く。

俺はその横にゾルマが残していた援助資金の資料を置き、照らし合わせながら読み進めていった。

「壁の修繕、祈祷室《きとうしつ》の修繕。この柵《さく》の設置というのはなんだ？」

「孤児院で使用している柵のことです。まだ幼い子供達が庭を越えて街へ行ってしまったことがあったので、目印のために設置したんです」

ソフィアの説明は淀《よど》みがなかった。

今ここで言い訳を考えているといった様子も見えない。

事前に問われそうな部分を予想して答えを作っている可能性もあるが、今のところ問題がある点は見つからない。

そして、最後に書かれた援助額の合計が完全に一致したのを確認し、ソフィアの方へと顔を向ける。

「特におかしなところはないな。教会も綺麗に保たれているようだし、費用は正しく使ったみたいだな」

「本当ですか？　安心しました。ゾルマ様が横領していたという話を耳にしていたものですから……私共もその片棒《かたぼう》を担《かつ》いでいると思われたら……と、不安になっていたのです」

ソフィアはそう言いながら胸に手を当てて安堵の表情になった。

そんな彼女に俺は笑顔で話しかけてやる。

「では孤児院の方も見させてもらうとしよう」

「かしこまりました。孤児院はあちらの扉から庭に出て正面になりますので、どうぞご覧になってください」

ソフィアのあとに続いて庭に出ると、子供達が楽しそうに駆け回っている姿があった。男女合わせて十五人ほどだろうか。

全員綺麗な服に身を包み、楽しそうにはしゃいで笑っている。

肌ツヤも良さそうだし、良い食事をもらっているのだろう。

そんな子供達が俺達の存在に気付くと、一直線に駆け寄ってきた。そのままソフィアの足に抱き着き、彼女の顔を見上げて笑っている。

「あー！　ソフィア様だ!!」

「ねぇねぇソフィア様！　一緒に遊ぼうよ！　いま皆で鬼ごっこしようとしてたんだよ！　ソフィア様も一緒にやろうよー！」

「ごめんなさいね、皆。今は大切なお客様が来てらっしゃるから、一緒に遊べないの」

そう言って穏やかな表情で子供達を抱きしめるソフィア。

子供達は残念そうにしながらも、ソフィアに抱きしめられると満足したのか、元の場所へ戻っていった。

「ずいぶん子供達と仲が良いみたいだな。ここまで晴れやかな顔をしている孤児院の子供達を見たことがない。本当に良くやってくれているのだな」

「私にとってここにいる子供達は家族みたいなものですから。彼らが無事に大人になって成長していく姿を見るのが、私の宿命なのです」

子供達を見つめながらそう告げるソフィア。

彼女が子供達に慕われているのが良く分かった。もし子供達の態度が演技だったとしたら、自然すぎて逆に怖くなる。

やはり、彼女は不正などしていないのではないか。

孤児院の中を見て回って、その気持ちはますます強くなっていく。

整備された食堂。子供達の将来を考え、勉強部屋なども設置されている。

さらに個室とまではいかないものの、男女で部屋は分けられており、人数分のベッドも確保されていた。

本当に子供達のことを思っているからこそ、ゾルマが送った巨額の資金を子供達のために使い果たしている。

そう信じたかった。

視察も終わり、俺達は最初の個室へと戻った。初めはどこか不安そうにしていたソフィアも、完全に安心しきっている。

俺はそんな彼女に問わねばならない。

ここまで憂鬱なのは久しぶりだ。聖母のような彼女を責め立て、子供達から彼女を奪うことになるかもしれない。

吐き気と負の感情を押し殺すために、一度深く息を吐く。そして静かに問いかけた。

「最後に一つだけ聞きたいことがあるんだが、良いか？」

「もちろんです。何か気になった点でもございましたでしょうか？」

俺の質問にソフィアの顔が一瞬こわばる。

俺は彼女の目をジッと見つめながら話を続けた。

「先ほどあなたに見せた援助金の資料……これはゾルマの屋敷から持ってきたものなんだ」

「？　それが何か問題でもあるのですか？　前領主であるゾルマ様が、税金等の管理を行っていたのですから、その資料がゾルマ様の屋敷から出てきてもなんらおかしくはないかと……」

キョトンと目を丸くしながら首を傾げるソフィア。それと同時に俺の背後に立っていたルナが「あっ……」と声を上げた。

ルナにはコレを一度見せている。だから気付いたのだろう。ソフィアが提出してきた資料の違和感に。

よく分からないといった様子のソフィアに、俺はもう一つの資料を取り出して彼女の前に置いた。

「こっちは俺が王城から持ってきた資料の複製だ。ゾルマの横領事件……つまり、エドハス領すべての金の流れが纏められている。この意味、分かるよな？」

静かに問いかけた言葉。その言葉を理解したソフィアの口元が僅かに歪んでいった。

「……」

追い詰められたソフィアは、動揺した素振りを見せるどころか、歪んだ笑みを浮かべてみせた。

聖母のように透明だった彼女の瞳が、暗くなっていくように見える。

まるで悪魔に身を売った人間のようだ。

背筋が凍りそうになる中、黙り込む彼女にもう一度問いかけた。

「あなたが見せてくれた資料に書かれた修繕費と、国から持って来た資料に書かれた額が、どう考えても一致しない。一体何に使ったんだ？」

つまりソフィアとゾルマは、金のやり取りを誤魔化すため、偽物の資料を用意していたということだ。

しかしゾルマの横領事件が発覚し、国が改めて金の流れを整理したため、そのことが発覚したのである。

俺は資料に書かれた二つの数字を指さしながら、ソフィアの顔をじっと見つめる。

それでもなお、しばらく黙っていたソフィアだったが、言い逃れは出来ないと悟ったのか、ようやく口を開いて話し始めた。

「初めから、分かっていたんですね。私がゾルマから不正に金をもらい、何かを行っているということを」

「そうだ。それでも、子供を見るあなたの瞳が濁《にご》っていなかったから、こうして腹を割って話そうとしている。何をしてきたのか、正直に話してくれないか？　俺なら、あなたを救えるかもしれない」

オルトの時とは違い、俺は本心から彼女を助けたいと思っている。

ソフィアが子供達に向けた瞳は、透き通るように青く輝いていた。そんな彼女が悪事に手を染めているというのが、俺には信じられない。

きっとゾルマが無理矢理命じて、今もその泥沼から抜け出せなくなっているに決まっている。

俺が彼女を助け出し、もう一度聖母のような彼女に戻ってもらうのだ。

俺の必死の願いが通じたのか、ソフィアは目を閉じて一度頷くと、歪ませていた口元を戻し穏やかな笑みを浮かべてくれた。

「アルス様がそう仰ってくださるのであれば……分かりました。ご案内いたします」

そう言って立ち上がり、手を扉の奥へと向けた。ついて来いという意味だろう。

俺とルナは彼女の指示に従い、ソフィアの後ろについて扉の奥へと進んでいく。

扉の奥にあった部屋は普通の小部屋だったが、さらにその奥の扉を開くと地下へと続く階段が現れた。

その階段を下っていくと、獣と血が混じったような匂いが漂い始めた。

階段を下りた先には教会に似つかわしくない鉄の扉があった。

ソフィアがその扉の鍵を開錠し、扉を開く。

ここまでくれば否が応でも察してしまう。この先にあるのは、俺の予想を遥《はる》かに超えた何かだと。

扉の先の部屋には夥《おびただ》しい量の血痕がいたるところについていた。

その他にも拷問器具のようなものや、いくつもの檻《おり》が設置されている。その中には獣ではない何かが息絶えていた。

ソフィアは部屋の奥へと進んでいき、布がかかった大きな何かに手を置いた。

「それではご覧ください！　これが私の研究作品……『合成人魔獣《ごうせいじんまじゅう》』です!!」

ソフィアが布をめくると、大きな檻が現れた。

その中にいる何かを見て、俺は咄嗟に口を手で覆った。胃から込み上げてくる消化物を必死に抑

え込み、檻の中に目を向ける。

これはおそらく……人間だ。

そう判断したのは、生気を失ってはいるものの、成人男性と認識出来る人間の顔があったから。その顔に獣の手足がくっつけられている。

「どうです、どうです!? 素晴らしいとは思いませんか!? この曲線美! この筋肉! あぁぁぁぁ……さいっこう!!」

吐き気を必死に堪える俺をよそに、ソフィアは光悦《こうこつ》とした表情で檻の中の生き物を撫でまわし始めた。

俺は喉元まで逆流してきた消化物を無理矢理飲み込み、ソフィアへ問いかける。

「……これは、一体なんなんだ!?」

「これですかー!? 私が創り出した合成人魔獣ちゃんですよ! 人間と魔獣を合体させ、人間の知能と魔獣の強靭《きょうじん》な肉体を併《あわ》せ持《も》たせた、最高の生物です! 素敵でしょう!?」

そう言いながら合成人魔獣とやらに頬を擦り付けるソフィア。

『兄様達から見限られるために、ちょい悪徳領主として悪政するぜー!』とか考えていた過去の自分をぶん殴りたい。

ここは触れてはいけない禁忌《きんき》の領地だったのだ。

生きた人間を使った実験は、ドステニア王国では禁忌とされており、やってみようと考えるだけで極刑だ。

予想を遥かに超えた彼女の所業に驚愕しつつも、俺はなんとか思考を巡らせる。

もしかすると父上はここまで調べた上で俺に領主代理を務めさせようとしたのかもしれない。

この問題も、俺なら解決出来ると思ったのだろうか。

まぁもし解決出来なかったとしても、最悪の場合、第六王子である俺ならば切り捨てても問題はないからな。

この禁忌の研究の存在が明らかになっても、関与した人間として王族の誰かを処罰すれば、国としての面目は保たれるだろう。

そして切り捨てるなら、兄様達よりも俺の方が損失は少ない。所詮第六王子である俺は兄様達の予備でしかないのだ。

そしてそう考えると、この研究が行われていることを気軽に公《おおやけ》にすることは、かなり危険だということにもなる。

下手に証拠を固めず告発して、領主である俺もこの禁忌の研究に関わっていたと世間に思われても、父上達は助けてくれない可能性が高いからだ。

もしそうなれば、俺はちょい悪徳領主どころか、悪徳領主も軽くスキップで飛び越して真の犯罪者になってしまう。

そうすれば、俺のお首は胴体と離れ離れになってしまうことだろう。

俺は思考を巡らせた後、なんとか言葉を続ける。

「ゾルマと手を組んでやっていたのがコレか。てっきり孤児院の子供達をゾルマに売るとか、そういう違法な取引でもしてるんじゃないかと思ったよ」

「なーに馬鹿なこと言ってるんですか！　子供は未来の宝！　いつか私の実験を引き継ぎ、最強の合成人魔獣を創り上げる可能性を秘めているのですよ!?　そんな宝を売るような真似する訳ないじゃないですか！」

頬を膨らませて怒りを露《あらわ》にするソフィア。その瞬間だけは彼女の瞳は聖母のような優しいものに移り変わる。

「……生きた人間を使った人体実験は、ドステニア王国では禁忌とされている。それを知らないとは言わせないぞ」

「もちろん知ってますよー！　でも安心してください！　王国の人間を使ってる訳じゃないですしー、ゾルマ様からもらっていたのはどっかの国の犯罪者ですから！　この『試験体十五号ちゃん』のベースは、どっかの国で三十人を惨殺した犯罪者らしいですよ！」

嬉々として喋り続けるソフィアに、俺は恐怖を覚えた。

彼女は檻の中の生物を試験体十五号と呼んでいた。つまり十五人以上は、この狂気の実験の犠牲になっているということになる。

だがこの場にはどう見ても十五体もの合成人魔獣がいるようには見えなかった。嫌な予感が脳裏をよぎる。

「他の合成人魔獣はどこに行ったんだ？　まさか、街の外に放った訳じゃないだろうな⁉」

こんな気持ちの悪い生物を世に放たれたらそれこそ終わりだ。ハルスの街でとんでもない実験が行われていると噂が立つのは目に見えている。

その結果、俺が疑われてしまう可能性が出てきてしまう訳だ。もしそうなれば極刑コースに直行である。

だがそんな不安を消し飛ばすように、ソフィアはため息を零した。

「はぁぁぁ……そんなことしませんよ！　他の子達はゾルマ様が資金と人間を提供した見返りだって言って連れていっちゃったんです……本当は傍に置いて可愛がりたかったのにぃ！」

俺の問いかけに悔しそうな表情を浮かべるソフィア。

どうやら最悪の事態は避けられたらしい。

だが根本的な問題はなくなっていないのは確かだった。

この実験はマジでヤバすぎる。禁制の精力剤なんか、可愛く見えてしまうレベルでヤバすぎる。

俺が焦りと動揺で体を震わせていた時、ルナが背後から小声で話しかけてきた。その手には隠し持っていた短剣が握られている。

そしてその短剣を俺の手に握らせた。

「アルス様、この女危険です。今ここで処分しましょう。アルス様なら殺せます」

「馬鹿か！　相手は表向きには人望の厚いシスターだ。そんなことしたら俺の立場が終わるぞ！　最悪エデナ教と敵対することにもなりかねない！　そうなったら、父上は俺の首を切る！　俺なら絶対にそうする！」

俺がそう言うとルナは小さく舌打ちをして、ソフィアを睨みつけた。俺だってソフィアを処分した方が良いのは分かっている。

だがソフィアの外面《そとづら》の良さが邪魔をする。彼女を排除しようとすれば、巡り巡って俺の首が飛ぶことになるだろう。

孤児院での活動が、彼女の身を守るための盾となっている。

もしもソフィアがここまで考えていたとすれば、質《たち》が悪すぎだ。

最善の展開は、彼女に実験を停止させて研究結果を消し炭にすること。だが彼女の態度を見るに、実験を停止させることは不可能に近いだろう。

彼女を他国にでも追いやるか？　いやそれは得策ではない。

ソフィアが外国に行けば、合成人魔獣が他国の戦略兵器としてドステニア王国に牙をむくかもしれない。

「ソフィア殿。この実験をやめようとは思わないのか？　立場上、これ以上の実験を見過ごすのは難しい。今ならあなたの孤児院での活動に免じて、見なかったことにも出来るぞ」

「え、やめないですよ！　だって、私悪くないですもん!?　使ってる人間だって、犯罪者とかゴミみたいな人間しか使ってませんし！　むしろリサイクル活動です！　素敵でしょ!?」

「なんでそんなこと聞くんですか？」とでも言わんばかりに首を傾げるソフィア。

彼女にとって犯罪者の命はその辺に転がっている石ころと同じ価値でしかないようだ。

「当然だが、俺はゾルマのように人間を提供することはしないぞ。あくまでもあなたに与えるのは、孤児院と教会の運営資金だけだ」

「えー？　じゃあいいですよー！　適当な人間を攫《さら》ってきますからー！」

あっけらかんとした態度でそう言い放つソフィアに、俺は恐怖を通り越して眩暈《めまい》に襲われそうになる。こういう人には何を言っても無駄なのだ。

彼女を放っておけば一般市民にも犠牲が出る。

「はぁ……安易に引き受けた俺が馬鹿だったってことか。クソ野郎が」

思わず本音が口から零れ落ちる。

本当はこんなところ今すぐ立ち去って王宮に帰りたい。

仕事の重圧に負けて逃げかえってきたと知られれば、兄様達に見限られるかもしれない。

もしそうなれば、自由気ままなぐーたら生活が出来るだろう。

だが、俺にだってプライドはある。

『ちょい悪徳領主』になると決めたんだ。一度決めたことは成し遂げたい。

むしろピンチはチャンス。立派な『ちょい悪徳領主』として、この狂人を利用してみせる。

「ドステニア王国第六王子として命ずる！　しばらくは人体実験を控え、魔獣を使用した実験のみを行え！　それと、合成人魔獣の研究目的は、『欠損した人体を代わりに魔獣の体で補う』というものにしろ！」

俺の言葉を聞いたソフィアは、死んだ魚のような瞳になってガックリと肩を落とした。見るからにやる気が削がれているのが分かる。

「えー……そんなのつまらないじゃないですかー。そんなこと言うなら、別の国に行っちゃおうかなぁ。そうすれば、人の目とか気にせずに研究出来るしー」

「行きたいのであれば行けばいい。ただ、その道中に思わぬ事故が起きないことを祈るんだな」

俺の発言にソフィアの顔が曇《くも》る。

だが正直、これはただの脅しだ。

彼女を失えば孤児院の子供達が悲しむことになってしまう。

俺は非情にはなれない。孤児院の子供達の笑顔を奪うことは出来ない。

「もしこの研究が世間にバレたとしても、表向きの研究目的がそれであれば、多少は情状酌量《じょうじょうしゃくりょう》の余地があると思ってもらえるはずだ」

俺の話を聞いてソフィアは顎に手を当てて黙り込んでしまった。

彼女も自分の研究と子供達を天秤《てんびん》にかけているのだろう。ここまでくればゴリ押しで行くしかない。

「他国に逃亡するリスクを負うより、王子である俺の言うことを聞いておけばしばらくの間は安全に研究を出来る。子供達の傍にもいられるんだ。よく考えてくれ」

黙ったままのソフィアに向かって俺は右手を差し出した。

『ちょい悪徳領主』として生きてくための覚悟は決まった。常識が通じないとはいえ、彼女のような美人と一緒なら、喜んで屍《しかばね》の上だって歩いてやる。

自分に向けて差し出された右手をジッと見つめるソフィア。

それから自分の作り上げた試験体十五号ちゃんに目を向ける。ハァーと残念そうに深く息を吐いたあと、ニコリと笑って俺の手を握った。

「確かにそうですねぇ。研究道具を移動させるのも面倒だし……分かりました！　これからは人助けのために研究するということにしましょう！　良い素材が手に入った時だけ、合成人魔獣の研究をすることにします！」

なんとかソフィアを説得した俺は、恐怖に満ちた実験室から逃げるように立ち去り馬車へと逃げ込んだ。

その様子を見たルナが、呆れたように口を開く。

「アルス様。本当にあの女を見逃しても良かったのですか？」

「あーうん……」

適当な言葉しか返せない。

二件目だけでお腹いっぱいだというのに、次の目的地となる奴隷商はさらに嫌な予感がしてならなかった。

◇

馬車に戻った俺はぐったりと項垂《うなだ》れた。

ソフィアの実験を一時的に停止することは出来たものの、恒久的《こうきゅうてき》な対策は取れていないのが現状だ。

領主代理に就任して僅か数日でこんなハズレくじを引くことになるなんて。

「はぁぁぁ……」

「そんなに何度もため息を吐かないでください。雰囲気が悪くなるじゃないですか」

馬車の外に漏れ出るかと思うくらいの盛大なため息を吐いたら、ルナが呆れたように俺に文句を言ってきた。

長年の関係性があるからこその言葉だろうが、流石の俺も今の発言は許せない。

「たまにはいいだろ、これくらい！　ただでさえ禁制の精力剤の件で精神的にきてたのに、今度は人体実験だぞ⁉　もう本当に勘弁してくれよ……」

「そうですね。ただ彼女もしばらくは実験も控えてくれるようですし、なんとかなるんじゃないですか？」

焦燥《しょうそう》しきった様子の俺が隣で嘆《なげ》いているというのに、ルナはなんとかなると思っているようだ。

彼女の平然とした態度と無表情が、より一層腹立たしさを増幅させる。

「お前は気楽でいいなぁ。ソフィアの実験がバレたら終わりなんだぞ？　俺が領主代理を務めている間に、何が何でも実験を止めさせないと、確実に俺の首が飛ぶんだ！」

「そうなったら仕方がありません。その時は一緒に国外逃亡してあげますから、そうならないように頑張ってなんとかしてください」

ケロッとした態度で、とんでもない言葉を口走るルナ。

彼女の言葉に、思わず胸がキュンと締め付けられる。

ここで壁ドンでもされていたなら、ルナに恋をしていたことだろう。

しかしいくら甘い言葉を囁《ささや》かれても、無表情すぎて心に響きはしない。

しいて言うなら、気持ちが楽になった程度だ。

まぁ、今の俺にはそれでもありがたいことなんだがな。

「分かってるよ。一応、俺とルナが死なずに済む方法は考えてるさ。出来ればその方法は取りたくないんだけどな」

「そうだったのですか。でしたらそこまで本腰入れて頑張らなくても大丈夫そうですね。安心しました」

深刻そうに告げたはずなのに、これまたあっけらかんとした態度で返事をするルナ。どうやら彼女は俺の言葉を理解していないらしい。

「え、お前俺の話聞いてた？　出来れば取りたくない手段だって言ったよね？」

「聞いてましたよ。でも私もアルス様も死なないんですよね？　それならいいじゃないですか」

彼女がそう口にした時、ちょうど目的地に到着したのか馬車が停止した。

外から扉が開けられ、ルナが先に降りていく。俺は彼女の背中を見つめ、呆れたようにため息を吐いた。

馬車から降りると、店の前に小太りの男が立っていた。

見た瞬間にこいつが奴隷商だと断言出来るほど、憎たらしい表情を浮かべている。

「これはこれは、アルス殿下！　ようこそお越しくださいました！　お初にお目にかかります！　私、レイゲル・ヴォノーと申します！」

「そうか、レイゲル。ここは人目が多いからな。すぐに案内してくれ」

「これは失礼いたしました！　さぁどうぞお入りくださいませ！」

手揉みをしながら歩み寄ってきたレイゲルを軽くあしらい、俺達は奴隷商の中へと入っていく。

案内された個室に入ると、俺はすぐに椅子に腰かけ、話し始めた。

「悪いが俺は今かなり疲れていてな、早速だが話を始めさせてもらおうか」

「はぁ、そうですか。視察の件でしたら、こちらが修繕費の内訳でございます。どうぞご覧になってください」

レイゲルがそう言って手渡してきた資料を、俺は開くこともせずそのままテーブルの上へと投げ捨てる。

それを見て眉間にシワを寄せながらも、笑みを浮かべるレイゲル。

王子である俺の機嫌を損ねぬよう、感情を押し殺しているのが伝わってきた。

本来であれば視察を行い、レイゲルの粗《あら》を探して、そのあとに確たる証拠を突き付けてやる。その方が、奴を懐柔《かいじゅう》しやすいだろう。

だがソフィアの件があった今の俺にはそんな余裕がなかった。

「こんな資料必要ない。ゾルマが多額の金をお前に渡していたことはもう分かっている。洗いざらい全部吐け」

「……ははは！　何を仰っているのか、私には分かりかねますなぁ！　殿下は何か誤解をなさっているご様子！　お前達！　殿下を癒してあげなさい！」

脂汗びっしりのレイゲルが慌てて両手を叩くと、部屋の中にいた奴隷の少女達が、揃って俺の隣へ腰かけて来た。

薄手の衣装の彼女達が俺の身体をまさぐり始める。それを見たルナが不機嫌そうに舌打ちをするも、彼女達の手は止まる様子がない。

名残惜しかったものの、俺はその手を優しく払いのけ、レイゲルの胸倉を掴んだ。

「聞こえなかったのか？　俺は今、もの凄く機嫌が悪いんだ！　吐く気がないなら……面倒だ。お前の首を落として、全部なかったことにしてやろうか！」

「お、お待ちくださいませ！　話します！　全部お話いたしますからそれだけは！」

俺の脅しに屈したのか、レイゲルはペラペラと喋り始めた。

「わ、私がゾルマ様から受けていた依頼は、奴の好みの奴隷を優先的に仕入れろというものでした！　他国から仕入れるためにも、膨大な金が必要だったのです！」

「なるほどな。他には？　まさかそれだけであの金額を使い切ったとか言うんじゃねぇだろうなぁ!?」

「ひっぃいい！　と、時には盗賊共を使って、女を無理矢理奴隷に落とさせることもしました！　最近では、移住してきた魔族を犯罪奴隷に落とさせ、安値で取引していました!!」

喋り終えたレイゲルは、身体を震わせながら恐怖のあまり失禁していた。

俺の隣に座っていた奴隷達も、いつの間にか部屋の隅に逃げて固まっている。

「……他には何をしてたんだ？　健康な奴隷を集めて、臓器でも売りさばいてたのか？」

「な、何を仰るのですか！　いくら領主様の指示と言えど、そこまでの罪は犯せませんよ！　本当にこれ以上は何もしていません！　し、信じてください、殿下ぁ!!」

涙を流しながら必死に首を振るレイゲル。

この状況で、嘘をつく度胸があるようには見えない。ということは、レイゲルはこれ以上の罪は犯していない可能性が高い。

それが分かっただけで、地獄のような不安は解消された。合成人魔獣と比べれば、この程度の問題なら解決は容易なはずだ。

それが分かったと同時に、今までは憎たらしい豚のように見えていたレイゲルが、愛らしい子犬に見えてきてしまう。

それほどに俺の心は幸福に満たされていた。

「そうかそうか！　いやぁーお前に少しでも良心が残ってくれてて良かった！」

俺はレイゲルの胸から手を離すと、満面の笑みで奴の両手を握りしめた。

突然態度が豹変《ひょうへん》した俺を見て、レイゲルはポカンと口を開いたまま固まっている。

俺はその間にテーブルの上に投げ捨てた資料を拾い上げ、レイゲルへ返却した。

「でももう違法行為はするなよ？　今までの件は俺が全部不問にしてやるから、合法な奴隷商人としてやり直せ！　分かったな？」

「は、はい！　ありがとうございます、殿下！」

俺の言葉にようやく正気を取り戻したのか、レイゲルはその場で立ち上がると机に頭をぶつける勢いで深々と頭を下げた。

「それと、今後は俺も定期的に奴隷を買うことにするからな。なるべく買い手がつかなそうな奴隷を仕入れてくれ！　怪我していたり、病気を患《わずら》っていたりとかな！」

「しょ、承知いたしました！」

「よし！　じゃあ視察はこれで終わりだ！　ご苦労だったな、レイゲル！　また来るぞ！」

レイゲルにそう告げたあと、俺はすぐに馬車へと戻った。

ようやくこれで一息つくことが出来る。

やらなければならないことは山積みだが、これからのことは、風呂に入ってから考えていくことにしよう。

◆

アルスがエドハス領に領主代理として向かってから数日が経ったある日。机の上に置かれた紙を目にしながら、クルシュはクスリと笑みを零していた。

「アルスが領主代理ね……父上も思い切ったことをするものだ。僅か十二歳の王子を領主にすえるとは。一体何をお考えになっているのだろうか」

クルシュはそう口にしながら再び笑みを零す。

派閥の強化のため強引な手を使ってまで引き入れようとしていたアルスが、自分達から逃げるようにここから離れてしまったというのに、クルシュは余裕の態度を崩さずにいた。

その様子を傍《かたわ》らで見ていた部下が、クルシュに向かって頭を下げる。

「申し訳ございません。エドハス領の領主代理を探していることは耳にしていたのですが……まさかアルス殿下を指名なさるとは思いもしておりませんでした」

今回の件によって、部下はクルシュが弄《ろう》していた策を台無しにしてしまった責任を感じていた。掴んでいた情報を報告しなかったせいで、あと一歩だったアルスの派閥入りが消えてしまったと思っているのだ。

その責任を負い、罰せられる覚悟を持って頭を下げた部下だったが、クルシュはなんてことないといった様子で告げる。

「気にする必要はないさ。おそらく、アルスに領主代理を頼んだのはたんなる陛下の思い付きだったろうからね。事前にそれを予想するのは不可能というものだよ」

「あ、ありがとうございます！」

クルシュに許されたことで安堵の息を吐く部下。

だがすぐさま部屋の空気が一変したことに気付き顔を上げる。

そこで自身の目に飛び込んできた光景を見て、部下はハッと息をのんだ。

先ほどまで優し気な笑みを浮かべていたクルシュが、打って変わって冷たい目で机の上に置かれた紙を見つめていたのだ。

「……でも、アルスが引き受けるとは思わなかったかな。まったく、出来の良い弟だと思っていたけど、ここまでくると少し腹立たしくも思えてしまうよ。あの剣術馬鹿のように御しやすければ良かったのに」

普段の姿からは想像出来ないほどに冷たい空気を放つクルシュに、部下は思わず身震いする。

ただこのまま傍観している訳にもいかず、部下は意を決して声をかけた。

「い、いかがいたしましょう。予定していた特殊魔法の発動試験は延期なさいますか？」

部下の言葉にクルシュは静かに息を吐く。

それからすぐに元の表情に戻ると、穏やかな口調で話し始めた。

「いや、予定通り進めよう。本当はアルスにいて欲しかったけど、代わりに私が出席すれば問題はない。宮廷魔導士達には、また別の特殊魔法を開発するよう指示しておいてくれ」

「承知いたしました。では予定通りに進行いたします」

部下はクルシュから指示された内容を手元の紙に書き留めていく。

それが終わるのを待ったあと、クルシュは気にしていたもう一つのことを部下に問いかけた。

「それで、あちらの派閥の動向は掴めたのかな？　まぁ聞かなくても、大体の予想はついてるけどね」

そう口にしながら、クルシュは思わず笑みを零した。

今回アルスがエドハス領へ行ったことにより、弄した策が無駄になったのはこちら側だけではない。

敵対派閥にいるレオンも同じように、苛立っていることだろう。

その姿を想像するだけで、クルシュは自分の溜飲《りゅういん》を下げることが出来た。

「はい。今回の件ですが、アルス様が自分の招待を無視したとレオン様が激怒なさっているとのことです……予定していた討伐隊を編成し直し、エドハス領へ向かおうとしていると」

クルシュに問われた部下も、自分で答えながら笑うのを必死に堪えていた。

いくらそれが子供じみた対応だといえ、相手は第四王子。一貴族である自分が笑うことなど許されるはずもない。

だが目の前にいる自分の主はそれが許される存在だった。

「アハハハ！　討伐隊をエドハス領へ向かわせるだって!?　あいつも馬鹿だなぁ！　そんなこと陛下がお許しになるはずもないだろ！」

あまり目にしたことないクルシュの笑い顔を見て、部下は若干興奮していた。

普段冷静沈着なクルシュがここまで笑い声を上げるとは。その姿を間近で見ることが出来た自分は、さぞ幸運な人間なのだろうと。

それからひとしきり笑い転げたクルシュは、紅茶を飲んで一息吐いたあと、再びクールな表情で話し始めた。

「ひとまず、アルスについては様子を見ることにしようかな。王城から離れてしまった以上、強引な手を使うことは出来ないからね。あちら側もおそらく時間を置くことにするはずさ」

「承知いたしました。では発動試験のみ進めさせていただきます」

部下はそう言うとクルシュに向かって一礼し、部屋をあとにした。

部屋に一人残ったクルシュは再び笑みを浮かべる。これから訪れる、自身の未来に希望を馳《は》せて。

第三章

視察を終えた翌日。俺——アルスは巨大な机の上に並べた資料を眺めながら、一人頭を抱えていた。

「このタイミングで、協会の連中を煽って……いや、ここじゃ早すぎるか。もう少しあとに……うーん。案外上手くいかないもんだな」

机の上に並べているのは、俺が領主代理を務める一年間の計画表だ。

その一年の間に行う細かいプランを制作しているのだが、どうにも上手くいかない。

俺の最終目標は、領民達から「役立たずの第六王子」と陰で罵倒《ばとう》され、その空気を察して逃げるように王城へと帰ること。

そのためには、馬鹿を演じて領民達の不満を煽るような政策を取る必要がある。

「まずはルイスに調べてもらった、この資料を使って高所得者の税金を上げよう。上位六割くらいでいいか。残りは今まで通りの税金にしてと……」

こうすることで領民の約六割が不満を覚えるはず。

中には大した額じゃないと、何も感じない奴らもいるだろうが、チリも詰まれば山となる。

こういったことからコツコツと不満を溜めさせるのが重要なのだ。

「さらに、その金を使って屋敷の近くに別邸《べってい》を建築させる！　表向きは愛人のために作ったと言っておけば、さらに不満度は上がるだろう！」

実際には先日レイゲルに買うように言った、怪我や病気で買い手がつかない奴隷の治療小屋みたいな形で使う予定だ。

奴隷達にはそこで治療してもらい、最終的にエドハス領内で暮らしていけるような支援を行う。

ちなみにそこで使う金は、もちろん帳簿《ちょうぼ》上では、レイゲルに対する不正な援助金だと思われるよう細工を施す。

その帳簿をいずれ来るであろう次期領主経由で父上に行くよう仕向ければ、家族からの俺の評価もダダ下がり確定だ。

「あとは領地内にある村も視察しておかないとな。ゾルマの悪政のせいで、影響が出ている可能性もあるし。死人が出る前に助けてやらないと」

俺は三割ほど進められた計画表を一旦閉じて、机の上を片付けていく。

それが終わると、今度はエドハス領の地図を机の上に広げ、近くに置いてあったベルを三度鳴らした。

すぐに部屋の扉がノックされ、ルイスがやって来た。

「アルス様、お呼びでしょうか」

「ルイスか、ちょうど良かった。少し聞きたいことがあってな。領内にある村の中で、昨年の作物の収穫量が必要量に満たなかった村はあるか？」

地図をトントンと指さしながら、ルイスに問いかける。ルイスは地図上の村を確認しながら、二つの村を指さした。

「フーガ村とトト村でございます。フーガ村は川の氾濫《はんらん》により、作物がダメになったそうです。トト村は魔物や魔獣による被害の影響で、作物と家畜をなくしたと報告されております」

「そうか。では先にトト村へ視察に向かうぞ。馬車と最低限の食料を用意しておけ。明朝にはここを出られるように頼むぞ」

「承知いたしました」

俺の指示を聞いたルイスは、少しだけ嬉しそうな笑みを浮かべたあと、部屋を去っていった。

ルイスは俺が領主代理として、本格的に仕事を頑張っていると思ったのだろう。

少し照れ臭い気もするが、俺の悪政で死人を出す訳にもいかないからな。最低限の対策は取らなくちゃいけない。

「次の問題はトト村の魔獣の対策か。オルトに頼んで、被害実績の資料を持ってこさせるか……いや面倒だ。奴の方が冒険者の適性も理解しているだろうし、この件はオルトに任せるか」

俺は引き出しから一枚の便箋《びんせん》を取り出し、そこに依頼内容を書き出していく。

内容は無論、トト村の魔物と魔獣の対策強化についてだ。

書き終わった紙を封筒の中へ入れ、封蝋《ふうろう》を押す。

それが終わると再度ベルを鳴らし、誰か来るのを持った。

少しして、扉が力強くノックされる。

俺が返事をする間もなく扉が開かれ、頬にそばかすのある可愛らしいオレンジ髪のメイドが部屋の中へと入ってきた。

「アルス様！　お呼びでしょうか⁉」

「オレット……俺が返事をする前に、部屋の中に入ってきちゃダメだろ？」

「えへへへ！　すみません！」

舌を出しながら軽い感じで謝るオレット。

申し訳ないと思っているようには全く見えないのだが、彼女はいつもこの調子だ。

何を言っても無駄だと分かっているから、説教する気も起きない。

どうして俺の使用人達はこうも個性的な奴らが多いのだろう。

まともなのはルイスくらいだ。

「はぁ……まぁいい。冒険者協会の支部長に、トト村の魔獣被害の対策を取るよう依頼を出してくれ。俺の使いだと冒険者連中にバレないよう、服は着替えていくように」

「かしこまりました！　では、行ってまいります！」

オレットは俺から手紙を受け取ると、さっさと部屋の外へ出ていってしまった。

外から鼻歌混じりの歌声が聞こえてくる。多分仕事が終わったら街で買い物でもしてくるつもりなのだろう。

ちなみに、俺が関与していることを隠すのは、領民達のために動いていることがバレると、『ちょい悪徳領主』が遠ざかるからだ。

「オレットについてはあとでメイド長に報告するとして……このあとどうするかだな」

トト村への対応は今のところ問題はないように思える。一般的な領主であれば、この程度の対策すぐに思いつくはずだ。

しかしそれではダメなのだ。平凡な政策を取っているだけでは、俺が目指す『ちょい悪徳領主』

にはなれない。

「これだけだと普通の領主なんだよな。村人達が俺を憎むような、なんか悪いこと出来ないかねぇ……」

地図上に書かれたトト村の文字をなでながら、思考を巡らせる。

魔物や魔獣により食料と家畜が奪われた。食料は支給するとして、家畜まで補填《ほてん》するか？

いやいや、それでは逆に感謝されてしまう。

じゃあ家畜を与える時は売るという名目にして、村人から金を取るのはどうだ。

……ダメだな。購入させようにも金がないのでは話にならない。

トト村の人々は魔獣の被害のせいで、家畜を買えるだけの金なんて持っていないんだ。

その時、俺の頭に一つの名案が思い浮かんだ。俺は急いでベルを鳴らし、使用人を呼ぶ。

すぐに扉がノックされ、無表情のルナがやってきた。

「お呼びでしょうか」

「ルナ！　ルイスのところへ行って荷馬車を手配するように伝えてくれ！　それとレイゲルに文を送る用意を頼む！」

俺の指示を聞いたルナは、少しだけ不服そうにしながらも頭を下げて一言だけ発した。

「かしこまりました」

いよいよ俺の悪政が始まりを迎えたのだった。

◇

翌日の朝八時。

俺達はハルスの街を出発して、トト村へと向かって馬車を走らせていた。

先頭に護衛の兵士達数名を歩かせ、そのあとに俺達を乗せた馬車が続いていく。

最後尾には食料や水やらを乗せた荷馬車がついて来ていた。

今日は俺が領主代理になって、初めての悪政を行う日。

これから俺は自分の意思で、村人達を傷付けてしまう。本来であれば罪悪感で胸がいっぱいになるはずなのに、俺は初めての悪事に胸を躍らせていた。

ガタガタと揺れる馬車の中。今日は俺とルナの他にレイゲルが同乗していた。

俺が昨日ルナに頼んで招集してもらったのだが、どうやら王子と同じ馬車に乗ることまでは想像していなかったようだ。

レイゲルは額に大量の汗をかいている。

俺は緊張で今にも意識を失いそうなレイゲルの肩を優しく叩いて声をかけてやる。

「急に呼び出してすまなかったな、レイゲル。どうしてもお前の力が必要だったものでな」

「とんでもございません！　殿下のご命令であれば、このレイゲルどこへでもついてまいります！」

そう言ってレイゲルは自身の胸を力強く叩いて見せた。

俺はその行為に感謝の言葉を述べる。

別にレイゲルの言葉を信じている訳ではない。

コイツは俺に対し忠誠心などというものを持ってはいないのは明らかだ。

だが、俺はこの男をある一面では信用している。

金を与え命の保証をしていれば、こいつは俺を裏切らない。ゾルマの時もそうだったのだから。

俺はレイゲルをそういう人間だと信じているから、今回の公務に同行させたのだ。

だがそれをよしとしないルナは、レイゲルが馬車に同乗してから今まで、ずっと奴を睨んでいる。

無表情ながらも、ルナの瞳には殺意に似た感情が込められていた。

かつて悪事を働いていたレイゲルを好ましく思っていないのだ。

レイゲルも彼女の気持ちには気付いているのだろう。

何度もルナの顔を見ては、呼吸を荒くして俺に助けを求めてきている。

流石にこのまま放置してレイゲルに参られても困るので、ここは奴に話を振って助けてやることにしよう。

「さて、お前の力が必要だと言った件だが……トト村で生活している子供達を奴隷にしたいんだ」

「村の子供達をですか⁉　殿下のご命令であれば従いますが……どうするおつもりで？」

レイゲルが不安そうな顔をして俺に問いかけて来た。

不安に思うのも無理はないだろう。先日、違法行為はするなと言った張本人が子供達を奴隷にしたいという鬼畜《きちく》発言をしてきたのだから。

俺はあえて下卑《げび》た笑みを浮かべながら、レイゲルに応えてやる。

「特にどうするつもりもないぞ。屋敷に空き部屋が多いからな。そこに住まわせれば屋敷も賑わうだろう？」

「そっ！　そうでございますね！　殿下のご意向に添えられるよう、協力させていただきます！」

俺の表情と発言を聞いてレイゲルはこれ以上突っ込むべきではないと判断したのだろう。

これ以上追及することもなく笑みを浮かべた。

するとルナが不満気に、一瞬だけ頬を膨らませる。

俺はそれを無視し手元の資料を広げ、レイゲルに見えるよう村人の名簿欄を指さす。

「資料によればトト村の住人は合計四十三人。そのうち大人三十五人、子供八人らしい。その中で奴隷に出来そうな年齢に達している子供は六人だ」

「なるほど。そのくらいであれば、後ろの荷馬車に乗せて連れて帰れますな」

「そうする予定で荷馬車を大きくさせたからな。それと、子供達は全員俺が買うから、親の前で契約に立ち会ってくれ」

「承知いたしました！」

レイゲルはなぜか誇らしげに胸を叩き、安堵の表情を浮かべてみせる。

子供達を無理やり奴隷の地位に落とし、親の目の前で奴隷契約を結ぶという鬼畜の所業。

それを一国の王子が提案しているというのに、なぜレイゲルがこんなにも笑みを浮かべているのか俺には理解出来なかった。

◇

それから二時間の道のりを終えた俺達は、トト村へと辿りついた。

俺より先にレイゲルとルナが馬車の外へと降りていき、俺は馬車の中で待機する。

「――ここにいるのがドステニア王国第六王子にして、エドハス領の領主代理、アルス・ドステニア様である！」

護衛の兵士が村人達を集め、高らかに口上を発した。

その声を合図に俺は馬車を降りていく。

俺はどうでもいいと思うのだが、ルナ曰く気取《きど》る必要はないが、領主としての格好《かっこう》はつけなければならないらしい。

馬車を降りると、村人達が全員膝を地面につけて頭《こうべ》を垂《た》れていた。

土で汚れたままの服に、やせ細った体。

彼らの姿を見た俺は昨日徹夜で考えたメモをポケットの中でグシャグシャに潰した。

悪役のように振舞おうと思っていた俺が馬鹿だった。

彼らは今を生きるので精一杯なのだ。

そんな彼らを馬鹿にするような言葉を、言えるはずがなかった。

「面《おもて》を上げよ！　ドステニア王国第六王子、アルス・ドステニアだ！　ゾルマによる悪政のあいだ、皆には苦労をかけた……だがもう安心してくれ！　今後は私が領主代理として、皆を導いていこう！」

村人達は恐る恐る頭を上げていく。

初めは不安そうだった彼らだったが、お互いの顔を見つめ合ったあと涙を流しながら抱きしめ合った。

「やった！　やったぞ！　俺達助かったんだ！」

「あのクソ領主、ざまぁみろ！　俺達は生き延びたぞー!!」

ひとしきり喜び合った村人達は、俺の方に向き直ると全員で両手を上げて叫び始めた。

「アルス様、バンザーイ！　バンザーイ！」

俺の名を呼び両手を上げ続ける村人達。

その姿を見るだけで、ゾルマの悪政がどれだけ彼らを苦しめていたのか良く分かる。少し恥ずかしいが、村人達の顔に生気が戻って本当に良かった。

「ルイス。村人達に食料を渡してやれ。他の者は病人がいないか、見て回ってこい」

「かしこまりました」

ルイスが荷馬車を村人達の傍へと移動させ、他の面々が村人達の元へと駆け寄っていく。

食料を見た村人達がようやく俺の名を呼ぶことをやめ、荷馬車へと群がり始める。

俺がその様子を眺めていると、兵士が老人を連れて帰ってきた。

「アルス様。村の長が挨拶させていただきたいと申しておりますが、いかがいたしましょう？」

「通してくれ」

俺が許可を与えると、老人はすぐさま地面に膝をつき頭を下げ始めた。

「ア、アルス殿下！　私、トト村の村長を務めております、ウェンと申します！　この度は、私共のために施しをくださり、心より感謝申し上げます！」

「ウェンよ。私からの施しは一時的なものでしかない……今後はお前達の力で、生活していくのだ。

よいな？」

「はい！　ありがとうございます！」

俺の言葉にウェンは力強く返事をしてみせる。

このあと、彼らから子供を奪うことを考えると胸が張り裂けそうだ。だが俺の未来のためにも、この道はどうしても避けられない。

俺が王都に帰ったら子供達は必ず皆の元へ帰すから、どうか許して欲しい。

俺は心の中で村人達に頭を下げながら、ウェンに話しかけた。

「たしか、この村は魔獣の被害にあっているそうだな。最近もまだ被害は出ているのか？」

「え、ええ。一ヵ月ほど前にも、また農作物がやられました。幸い村人に怪我はなかったのですが、このまま行けば今年も税を納められそうにありません……」

申し訳なさそうに頭を下げるウェン。

そんな彼に対し、俺は昨日オレットに頼んでいた件をウェンに伝えてやる。

「それなら安心しろ。既に冒険者協会で、トト村周辺の魔獣、魔物の討伐依頼が出ていたはずだ。数日もすれば冒険者が来てくれるだろう」

「本当ですか!?　ありがとうございます！　ありがとうございます！」

ウェンは涙を流しながら感謝の言葉を述べた。

ここまで俺の計画通りに進んでいるとも知らずに。

俺は綿密《めんみつ》に練り上げた計画を頭の中に思い浮かべ、この先の段取りを再確認する。

そして一言一句間違えぬよう、ゆっくりと言葉を口にする。

「しかし農作物がやられたとなれば、この先村人全員が満足出来る食料を確保するのは難しくなるだろうな。村の復興《ふっこう》も、ずいぶんと先になることだろう」

「はい……」

ウェンは悲しそうな表情を浮かべ、村人達の方へ顔を向ける。

ここで悪徳領主の第一歩を踏み出すために、俺はウェンに対し鬼畜の提案を投げかけた。

「ではこういうのはどうだ？　この村の子供達を俺が奴隷として購入し、その代価で家畜や食料を買うといい！　そうすれば村の復興にはそう時間もかからんだろうし、子供達もすぐに買い戻せる！　名案だと思わないか、レイゲルよ！」

「全くその通りでございます！」

俺の問いかけに対し自信満々に答えるレイゲル。

一方のウェンはと言うと、信じられないと言った様子で固まっている。

それからようやく、頭が追い付いてきたのか、ウェンは俺と村人達を交互に見つめたあと、小さな声で呟いた。

「子供達を奴隷にですか……」

ウェンは少し困ったような顔をして視線を逸らす。俺がこんな提案してくると考えていなかったのだろう。

だが後ろで食料を手にして喜んでいる村人達の姿を見て、ウェンは悩み始めた。

俺が今日持ってきた食料は、村人達がある程度の期間、ギリギリ生活出来る分だけ。

俺に奴隷として購入してもらった方が、子供達は腹いっぱいにご飯を食べられる。

そう思ってもらうためにわざわざ量を調整してきたのだ。

ウェンもそれを感じたのか、自分に言い聞かせるように頷いたあと、俺に向かって頭を下げた。

「殿下！　村の者達と相談させていただけますでしょうか！」

「もちろんだ。子供達の親とよく話すがいい。レイゲル、お前もついていって事情を説明してやれ」

「承知いたしました！　さぁ村長殿、参りましょうか！」

レイゲルはそう言って村長の背中を押し、村人達の方へと歩いていった。

受け取った食料を口にし、幸せそうに微笑む親子。

そんな彼らの幸せを、俺は自分の手で奪おうとしてる。

「はぁ……将来のためとはいえ、子供達を親元から引き離すのはやっぱり心が痛むな」

「アルス様はお優しいですね。アルス様ならきっと、素晴らしき王になられることでしょう」

ルナが隣でそんなことを口にした。

なぜ彼女が俺を優しいと言ったのかは理解出来ないが、そのあとの言葉はきっぱりと否定しておきたい。

この際だからルナには真実を打ち明けることにしよう。

「王になんてなってたまるか、面倒くさい。ずっと黙ってたけどな、俺は自由気ままに生きていたいんだよ。そのために領主代理の仕事引き受けて、こんな馬鹿な真似やってんだ」

「馬鹿な真似？　そうですか……アルス様は素直じゃないですねぇ」

俺の話を信じていないのか、なぜかクスリと笑うルナ。

いずれきちんと話して伝えておかないと、変に誤解されてしまいそうな気がしてならない。

また面倒なことになりそうな予感がする中、レイゲルが村長と親子を連れて戻ってきた。

「殿下！　子供達と両親を連れてまいりました！」

そういうレイゲルの後ろに、十人の大人と六人の子供が不安そうな目をして立っていた。

俺はその中で一番前に立っていた男性の前に立ち、話し始める。

「よく来てくれた。ウェンやレイゲルから話は聞いているか？」

「は、はい。アルス殿下が子供達を奴隷として購入してくださると……」

そう口にしながら子供達の肩に手を置く男性。

不安そうに唇を噛み締めながら、子供達は静かにしていた。

一番小さな女の子は、まだ小学校低学年くらいだろうに、なんて立派なんだろう。

俺は子供達の姿に感動しつつも、男性との会話を続けていく。

「そうだ。家畜を失った今、村の復興には多額の資金が必要となるだろう。なんとかしてやりたいところではあるが、ただで資金を渡すためにはいかんからな。そこで、子供を奴隷として購入する形を取り、その金を復興の資金に充ててもらおうと考えたのだ」

村人達に話した内容は、子供達を奴隷にするための建前でしかない。

親に憎まれることで、俺自身の評価を下げていく。その話を近隣の村に広めてもらえればなおいい。

一年後には子供達は両親達の元へ戻すが、その間存分に悪評を広めてくれ。

俺の話を聞き、大人達は互いの顔を見合わせると、小声で何かを話し始めた。

その下で子供達が心配そうに親の顔を見つめている。

そして話がまとまったのか、大人達は頷くと少し悲しそうな顔をして話し始めた。

「出来た子供達ではありませんが……アルス殿下の元になら安心して送り出せます！　お前達、殿下に失礼のないようにするんだぞ！」

「うん！」

不安そうにしていた親子達が、抱き合しめ合い涙を流し始める。

俺が想像していた構図とは多少離れてはいるものの、概ね計画通りに進んでいた。

そのはずなのに、なぜか妙な感じがする。何か重要なものを見逃している。その不安が拭えずにいた。

そんな中、レイゲルが待ってましたと言わんばかりに俺と村人達の間に入り込んで話し始める。

「では殿下！　早速契約《けいやく》の儀式を行ってしまいましょう！」

「あ、ああそうだな。よろしく頼む」

「承知いたしました！　それでは契約の儀式を行うまえに、奴隷契約について簡単に説明させていただきます！　今回は通常奴隷としての購入になりますので、アルス殿下から奴隷に対する命令は、無理のない範囲のものとなります！　ようするに、命を脅《おびや》かすような命令は出来ないということです！」

レイゲルの言葉を聞いて、ホッとした表情を浮かべる両親達。

別にそんな縛りがなくとも、子供達に命令することなんてないのだが。

しいて言えば、大人しくしていてくれと言うくらいだ。

「次に奴隷の購入価格ですが……労働力のない子供になりますので、本来であれば金貨三枚程度ということになります」

レイゲルはそう発言したあと、俺の顔をチラリと見る。

金貨一枚は、日本円で約一万円程度。つまり子供一人が三万円という価格なのだが、食糧難のト村の人達にとって金貨三枚はとんでもない価値がある。

しかし、適正価格で買い取っては意味がない。より高値で買うことで、何かあるのではないかと思わせるのが大事だ。

「では一人金貨十枚で買おう。ルナ！　ルイスから金をもらってきてくれ！」

「かしこまりました。少々お待ちくださいませ」

そう言ってルナはルイスの元へ駆けていく。

金貨十枚という言葉を耳にした両親達は、あまりの額にどよめきの声を上げ、目の色が変わっている。

今は金に目が眩《くら》んでいるが、子供と離れてから、きっと後悔することになるだろう。

自分の子供をこんなはした金で売ってしまったのかとな。

「取って参りました。皆様、こちらが購入代金になります。お確かめください」

ルイスから金を受け取ったルナが、両親達に袋を渡す。

男がその中身を確認し、無言で何度も頭を下げていた。

それを確認したレイゲルが、鞄から六枚の洋紙を取出し、一枚ずつ子供達へと手渡していく。

「こちらが奴隷契約の書類になります！　契約が解除されるのは、主人となるアルス殿下が契約を解除すると決めた場合、もしくは皆様が子供達を買い戻すことが出来た場合のみとなります！　よろしいですね？」

レイゲルが問いかけると、両親達は力強く頷いてみせた。

冷静に考えてみれば金貨六十枚など、到底稼げる額ではないと思うのだが、追い詰められた両親達はなんとかなると思っているのだろう。

俺はあえて含みのある笑みを浮かべてみせる。

ここで何かあると思わせぶりな素振《そぶ》りを見せるのもポイントだ。

「まずはお子様方から、真ん中に書かれた契約陣に一滴の血をお願いいたします！」

レイゲルはそう言って小さなナイフを取出し、一番背の高い男の子へと手渡した。

男の子は戸惑いながらも、自分の指先を傷付け、洋紙の上に血を垂らしていく。

血が洋紙に垂れた瞬間、洋紙に書かれた魔法陣がぼわっと薄く光った。

他の五人も両親に手伝ってもらいながら血を垂らしていく。全員それが終わると、レイゲルが洋紙を回収して今度は俺に渡してきた。

「ではアルス殿下！　最後にあなた様の血を一滴ずつ、この六枚に垂らしてくださいませ」

「分かった。ちょっと待ってろ……」

俺はルナからナイフを受け取り、剣先を人差し指に触れさせる。

そのまま勢いよくナイフを横に滑らせると、指先から大量の血がドバドバと流れ始めた。

「ア、アルス殿下！　大丈夫ですか⁉」

「一滴などと言わず、好きなだけくれてやるわ！　ハハハハハ！」

若干引き気味のレイゲルと村人達をよそに、六枚の洋紙に血を垂らしていく。

治療魔法があるからと調子に乗って、切りすぎてしまった。

痛みで泣きそうだが、ここで泣いては今までの苦労が水の泡になる。

俺は唇を噛み締め涙を堪え、平静を装いながら儀式を終わらせた。

洋紙をレイゲルに渡したあと、すぐさま背後で魔法を発動させ傷を癒す。

「これにて契約は終了となります！　皆様お疲れさまでした！」

「アルス殿下！　子供達のこと、よろしくお願いいたします！」

「あ、ああ。皆も子供らを買い戻せるよう、必死に頑張るがいい」

両親達に励ましの言葉をかけながら、わざとらしく口角を上げる。

両親に憎まれるため、ひいては俺の未来のために、悪徳領主っぽい態度を取る。

しかし、なぜか両親達は嬉しそうに微笑んで子供達を抱擁《ほうよう》していた。

その様子に疑問を抱きながらも、配給も終わってしまったため、俺達は子供を荷馬車に乗せてトト村を去ることとなった。

◇

ハルスの街へと向かう馬車の中で、レイゲルが俺の顔を見つめながら満足そうに笑っていた。

仕事が上手くいったから、こんなにも喜んでいるのだろうか。

だとすれば、ルナが不快そうにしていないのが気になる。

一体何が起きているのか理解出来ないでいる俺を見て、レイゲルが誇らしそうに口を開いた。

「いやぁ流石アルス殿下ですな！　これで村人達も安心して、自分達の仕事に集中出来ることでしょう！」

「……はぁ？　何を言っているんだ、レイゲル。子供達を奴隷にとられてるんだぞ？　不安に決まってるだろうが」

妙なことを言うレイゲルに俺は反論するも、頭の中には先ほど見た両親達の笑顔が思い浮かんでいた。

レイゲルの言う通り、両親達は非常に安心した様子だった。

いや、あの顔は子供達の前で、気丈《きじょう》にふるまっていただけ。そうに決まっている。

しかし、レイゲルは俺の言葉を否定した。

「あははは！　何を仰いますか！　子供達が誰に買われたかも分からない状況であれば、親も不安になるでしょうが、目の前でアルス殿下に買われたのですよ!?　むしろ安心しています！」

「いやいやいや。俺が購入者だとして、そこになんの保証があるんだ？　子供達を酷い目に合わせるかもしれないじゃないか」

あくまでも契約内容は、命にかかわる命令は出来ないというもの、裏を返せばそれ以外ならなんでも命令出来るのだ。

それが分からないほど、親も馬鹿ではないだろう。だというのに、レイゲルはキョトンとした顔で、俺を見つめている。

「死にかけのところに食料を届けてくれた大恩人が、そんな真似するとは思わないでしょう！　それに、殿下は村のために自ら提案なされて、復興の支援を行ってくださったんですから！　彼らも心配などしておりませんよ！」

「いやそれは、子供達を奴隷にするために理由が必要だっただけだ！　現に親だって子供達を奴隷にされて、泣いてたじゃないか！」

レイゲルに反論しつつも俺は薄々気付き始めていた。

あの時頭を過った妙な違和感の正体。もしかして俺は、全くもって無意味なことをしていたのではないかと。

動揺する俺に、レイゲルは確かな答えを教えてくれた。

「そりゃ泣きもしますよ！　殿下も仰っていたではありませんか！　復興のためには資金がいるのです！　食い扶持《ぶち》を減らすには、働き口のない子供達を奴隷にするか、殺すしかありません！　殿下が買い取ってくださったおかげで、子供達も助かっているのです！」

「そんな……馬鹿な……嘘だろ？」

レイゲルの言葉を聞き、俺はすべてを理解した。

すべては価値観のズレから生じたもの。

この計画自体、根本から間違っていたのだ。奴隷イコール悪だという俺の価値観が、悪徳領主とは真逆の道へ進めてしまった。

ショックから頭を抱える俺の隣で、ルナが誇らしげに胸を張る。

「レイゲル様。アルス様は照れ屋なのです。褒めすぎるのは控えた方がよろしいかと」

「おお、そうでしたか！　これは失礼いたしました！　これからは気を付けます！」

勘違いメイドと勘違い奴隷商人が笑い合う中、俺は一人真っ白になっていた。

◇

奴隷を購入した翌日。

俺は、再び頭を抱えて悩んでいた。

目の前には購入した六人の子供の奴隷が並んで立っている。

一番小さな子は八歳、上は十二歳という微妙な年齢の子供達。皆、主人である俺の前に集められて緊張しているようだ。

「さて、どうしたものか……」

子供達の顔を見つめながら、静かに息を吐く。

評価下げ作戦が失敗しただけでなく、子供の奴隷という大きな荷物を抱えてしまった。

子供達に自由な暮らしを与えてやりたいが、そんなことすればますます俺の評価が上がってしまうだろう。

それならばこの屋敷の中で仕事を与えようと考えてみたものの、何をやらせれば良いのかすら思い浮かばない。

そんな俺の悩みを見透かしてか、一番体の大きな男の子が慌てて口を開いた。

「あ、あの！　俺達なんでもやります！　父さん達の手伝いしかしたことないですけど……それでも頑張ります！」

男の子の言葉に続くように、一緒に並んでいた子供達も背筋をピンと伸ばして、俺の顔を真っすぐに見つめてきた。

やる気満々なのはいいが、八歳の子供に任せられる仕事なんてない――

そう思いかけた瞬間、体に電流が走ったかのような感覚に包まれた。

それと同時に頭の中にイメージが浮かび上がっていく。

今度こそ、俺の評判を下げるような名案を思い付いてしまったのだ。

「ルナ！　今すぐオレットを呼んできてくれ！」

「オレットですか？　かしこまりました」

俺に命令され、ルナはすぐにオレットを呼びに部屋を飛び出していく。

残された子供達は、少し不安そうな顔でルナが出ていった扉を見つめている。

それからすぐにオレットを連れたルナが戻ってきた。

「アルス様どうしましたか！」

相変わらずヘラヘラした顔をしているオレットだが、子供達の方を見て一瞬だけ穏やかな笑みを浮かべてみせる。

確かオレットには幼い妹がいたはずだ。子供の扱いに慣れている彼女になら子供達を預けても安心だろう。

「今日からお前を子供達の世話係に任命する！　この四人、ゾーイ、ミゲル、ルーシー、エリナに勉強を教えてやれ！　それと、屋敷内で出来る超簡単な仕事も与えるように！」

「はぁーい、承知しました！　それじゃあ四人共、私について来てくださいねぇ！」

オレットは元気よく返事をすると、四人の子供を連れて部屋から出ていった。

残された二人の子供達は、なぜ自分達だけが外されたのか分からず不安になったのか目を泳がせ始める。

「あの、俺達はどうすればいいんでしょうか……」

消え入りそうな声で俺に問いかけてくる少年。

その隣に立っている少女も、微かに体を震わせながら少年の服を掴んでいた。

俺はレイゲルからもらった契約書に目を通し、子供の名前を確認する。

「男の方がカイルで、女の方がアンヌだったな。二人はこれから俺と一緒に、街で活動してもらうことにした。まぁ大した仕事じゃないから、気負わず俺について来てくれ」

そう口にしながら二人に笑みを向けるも、二人の表情は暗いままだった。俺と一緒に行動しなければいけないという不安があるのだろうか。

だがこればかりは我慢してもらうしかない。

返事をしない二人をルナが無表情で見つめていると、アンヌがおずおずと右手を上げた。

「どうした？　何か言いたいことでもあるのか？」

アンヌにそう問いかけると、彼女はコクリと頷いたあとルナの方へと目を向ける。

発言しても良いのか確認を取ろうとしたのだろう。

それに対してルナが一度だけ小さく頷くと、アンヌは小さな声で話し始めた。

「その、殿下と一緒に活動するというと、具体的にどんなことをするのでしょうか……」

「それは仕事場についてから説明した方がいいだろう。二人に危険が及ぶ内容ではないから、安心しろ！」

そう答えるとアンヌとカイルは安堵の表情を浮かべた。

事実、これから行う作戦で二人が怪我をすることはない。だからこそ俺は自信を持って答えることが出来たのだ。

「それじゃあ早速だが街へ行くぞ！　ルナは馬車をまわしておいてくれ！」

「かしこまりました」

俺の指示を聞いてルナはすぐに部屋を出ていく。二人にルナのあとを追うように告げ、俺は自分の準備へ取りかかった。

自室に戻り引き出しを開けると、そこには兄様達からプレゼントされた箱が入っていた。

中には煌《きら》びやかな指輪やネックレスが収納されている。その装飾品を着けられるだけ身に着け、俺は部屋をあとにした。

◇

屋敷を出た俺達がやって来たのは、ハルスの街にある武器屋。

ここは鍛冶工房が隣接しているらしく、カンカンと鉄を叩く音が聞こえてくる。

「よし！　行くぞ奴隷達よ！　さっさと前を歩くがいい！」

「は、はい！　すみませんアルス様！」

慣れない口調でアンヌ達に命令する。

二人は怯えたような表情を浮かべながら、武器屋の中へと入っていく。

その様子を見ていた街の人々が、ヒソヒソと小声で話し始めた。このチャンスを見逃すまいと、俺はわざとらしく両手を上げ、その指に付けた十個の指輪をチラつかせる。

これぞ悪徳領主の風貌《ふうぼう》。

思えば俺にはこういった分かりやすいものが欠けていたのかもしれない。

今度は良く分からない銅像とか買ってみるのもいいかもしれないな。

そんなことを考えながら武器屋の中に入ると、お店の中には小さなおじさんが一人いるだけだった。

そのおじさんは俺を見るなり、眉間にシワを寄せて苛立ちを露《あらわ》にした。このいかにも金持ちといった外見が腹立つのだろう。

「いらっしゃい……」

嫌々ながらも挨拶するおじさん。

普通ならこんな対応をされたらムッと来るだろうが、俺は待ってましたと言わんばかりに口角を上げた。

「おいおいなんだこの店はぁ！　領主である私が来たというのに、挨拶の一つもないのかぁ！」

俺の言葉を聞いて眉をピクリと動かすおじさん。

領主と聞いて驚いていたのだろう。

「すいやせんねぇ！　挨拶したと思ったんですが、聞こえなかったですかい!?　じゃあもう一度……いらっしゃい！　何かご入用ですかい!?」

「ふん！　奴隷達の剣と防具を買いに来てやったのだ！　適当に見繕《みつくろ》え！」

俺が領主と知っても態度を変えないおじさん。

中々張り合いのあるやり取りに、思わずテンションが上がる。

まさかここまで悪徳領主ムーブをかませるとは思わなかった。

そのままの勢いで、金貨が詰まった袋をカウンターに投げつける。

その態度が気に食わなかったのか、おじさんは俺を睨みつけたまま眉をピクピクとひくつかせ始めた。

「この子達の防具ねぇ……ご自分のは買わなくてもいいんですかい？」

「ハハハ！　こんなむさ苦しい店で私のものを買う訳がないだろう！　この店ももう少し店構えが良ければ、少しはましになるのだがなぁ！　ルナもそう思わないか⁉」

「はい。その通りでございます」

無表情で頷くルナ。

まさかここで彼女の表情が良い味を出すことになるとは。おじさんは顔を真っ赤にしてキレている。

「っつ……そうですかい！　武器はあっちの棚から好きなもんを選んでくだせぇ！　防具はこっちで適当に見繕って構いませんね⁉」

「ああ好きにしろ！　だが私の奴隷だということを忘れるな！　奴隷達が死ねば、貴様のせいにしてやるからな！」

「分かってますよぉ！　ほら坊主共、こっちに来て採寸《さいすん》するぞ！　……ったく。すげぇ奴が領主になったもんだなぁ」

小さな声でボソリと呟かれた言葉が、俺の耳に響き渡る。

この街に来てようやく、待ち望んでいた言葉を耳にすることが出来た。彼こそ俺が求めていた逸材だったのだ。

予想以上の最高の結果に、俺は心の中で感動の涙を流すのだった。

◇

武器屋でカイルとアンヌの装備を整えた俺達は、冒険者協会へとやって来た。目的はもちろん、冒険者として活動するためだ。

そしてここでも、俺は悪徳領主としての才能を開花していた。

「相変わらずここは酒臭くてかなわん！　用があるとはいえ、私がこんな場所に足を運ばなくてはならないとはなぁ！　そう思わないか、ルナ！」

「その通りでございます」

「まったく！　もう少し清潔に保てないものなのか？　まぁ、冒険者共にはお似合いの環境というやつか！」

扉を豪快に開いた直後、開口一番に罵倒の言葉を口にしていく。

以前ここに来た時も似たような発言をしていたが、より一層小馬鹿にするような言葉を選ぶことで、周囲の冒険者達を煽っていくのだ。

その作戦が効いているのか、周りの冒険者達の鋭い視線が俺に集まってくる。

強面な髭のお兄さん達に睨まれて、思わず小便ちびっちゃいそうだが、今は我慢しなければならない。

俺は恐怖で震える足を動かし、受付にいる女性のところへと進んでいく。

女性は俺の存在に気付くと、慌てて何度も頭を下げ始めた。

「ア、アルス殿下！　本日はどういったご用件でしょうか⁉」

「ああ、悪いなぁきみぃ！　実は冒険者をやってみたいと思ってねぇ？　領主として現場を確認しておこうという訳さ！　まぁ冒険者の仕事なんて、魔獣を倒すだけの簡単な仕事なんだろ？」

そう言いながら近くに座っている冒険者に顔を向けほくそ笑む。

冒険者の仕事を小馬鹿にしている領主。そのイメージを冒険者達に焼き付け、俺の悪評を広めさせるのだ。

自分達の仕事を馬鹿にされていると知った女性は一瞬顔をしかめてみせる。

しかしすぐに笑みを浮かべ、再び受付の作業を続けてくれた。

「承知いたしました！　お連れの皆様もご登録なされますか？」

女性はそう言いながらカイルとアンヌの方に顔を向ける。

俺は彼女の問いかけにわざとらしく鼻で笑ってみせたあと、この場にいる全員に聞こえるように声を上げた。

「ああこの奴隷達か！　この者達は私の盾にさせようと思っているのだが、念のため登録しておいてくれたまえ！」

「え、奴隷？　あ、あの……」

予想外の返答に慌てふためく女性。

子供達はさっき買ったばかりの綺麗な防具を身に着けている。外見的には奴隷にはとても見えない。

それにまさか王子である俺が子供の奴隷を連れているとは思わなかったのだろう。

誰もが呆気に取られている時、近くで酒を飲んでいた男が立ち上がって叫び声を上げた。

「おいクソ野郎！　さっきから話聞いてりゃ、ガキを盾にするだと!?　ふざけるのも大概にしやがれ！」

声を張り上げながら俺の元へズカズカと歩いてくる大男。

ガチムチのヤクザみたいな容姿をした、身長二メートル近くある男を前に、俺はパンツを染みさせながらニヤリと口角を上げた。

すると、彼の仲間と思《おぼ》しき人が駆け寄ってくる。

「おいフランツ、やめろって！　なんでお前がムキになってんだよ！　相手はこの国の王子様だぞ！」

「止めるんじゃねぇ！　王子だってんならなおさらだ！　ガキの命をゴミみたいに扱う奴に、王子が務まる訳ねぇだろうが！」

フランツと呼ばれた男は俺の前で仁王立ちすると、その大きな腕で俺の胸倉を掴んだ。

レオン兄様並みの力強さに、俺のパンツはますます滲んでいく。

しかしここで引いては意味がない。悪徳領主として、威厳《いげん》を見せてやらねば。

「わ、喚《わめ》くな蛮人《ばんじん》が！　私は購入した奴隷と共に狩りに行くだけだ！　この通り、素晴らしい装備も与えているのだぞ？　何か問題があるなら言ってみたまえ‼」

「……クソ野郎が‼　ぶっ殺してやる‼」

フランツは額に血管を浮き出させるほど怒りを露にすると、腰に携えていた剣を抜こうと俺の胸から手をはなした。

その瞬間、ルナがフランツの頭を掴み、床目がけて叩きつけた。

バキバキと床が叩き割れる音と同時に、血が飛び散っていく。

周囲から悲鳴が上がる中、ルナは冷えた声でゆっくりとフランツに問いかけた。

「誰を殺すのですか？　私の耳に聞こえるように、もう一度、ハッキリおっしゃってください」

「があっつ……」

ルナは答えなど聞く気はないと言わんばかりに、フランツの顔を床に押し付けていく。

その状況を見ていた冒険者達が、泣きながら頭を下げ始めた。

「フランツ!!　お、おいあんた、やめてくれ！　そいつを殺さないでくれ！」

「アルス殿下、どうかお許しを！　フランツは子供達の身を案じただけなのです！　悪気はないのです！　お願いです殿下！」

冒険者達が涙ながらに訴えかけてくる。

彼女達の焦りが伝わってくる中、俺も似たような感情をルナへ向けていた。

(何やってんのこの子はー！　俺が斬られそうになったからってのは分かるけど、ここまでしちゃダメでしょ！　フランツさん死にそうじゃねぇか！)

当初の予定よりも大幅に過激なことをルナがしてしまったことで、俺の額には大量の脂汗が滲んでいた。

「は、離してやれ、ルナ！　そいつを殺してしまっては、ここへ来た意味がなくなってしまうだろ!?」

「……かしこまりました」

俺の命令を聞き、ルナはフランツの後頭部から手を離す。

怒号と悲鳴で騒がしくなる場をよそに、俺は再び受付の女性へ顔を向けて笑った。

「さ、さて！　騒がしいところ申し訳ないが、冒険者登録をしてくれるか？　殺意を向けられたまま長居はしたくないからな！」

「し、承知いたしました！　それでは手続きを始めさせていただきます！」

こうして俺は悪徳領主としての振舞いを達成しつつ、冒険者として活動することを許された。

フランツは鼻を折られながらも、顔をなんとか上げて俺を睨みつけている。

その憎しみに満ちた視線を見る限り、やりすぎたとはいえ今回の作戦は成功と言える。

ルナにはあとで説教するとして、まずは初めての魔獣狩りに向かうとしよう。

まぁその前に、パンツを替えなければな。

◇

冒険者協会で魔獣討伐の依頼を受けた俺は、まず屋敷に戻ってパンツを替えた。

その後、カイルとアンヌを引き連れて、街から少し離れた森へとやって来ている。

ここにはホーンラビットやビッグボアといった、食糧になる魔獣が多く生息しているらしく、初めての狩りにはうってつけの場所とのこと。

「それじゃあ予定通り、二人は俺の後ろを歩いていてくれ！　他の冒険者が来たら、すぐに俺の盾役を演じるように！」

「「分かりました！」」

二人が頷いたのを確認して、俺は森の中へと入っていく。

冒険者達の前では二人を盾役にすると宣言していたが、俺にはそんな気さらさらない。

俺の計画のために二人を傷付ける訳にはいかないからな。

そのために最後尾にはルナを配置している。これで背後から魔獣が現れても問題ないだろう。

二人に伝えたように、他の冒険者と接見した場合は盾として使っているような演技はするが、それでも二人が傷付かないよう立ち回るつもりでいる。

周囲を警戒しながら進んでいくと、前方から何かが動く気配を感じた。

俺は後ろを歩く二人に手のひらをかざしその場で足を止めさせる。

一呼吸したあと、右手を前方へ向け魔法を発動させた。

「『探知《サーチ》』」

魔法発動と共に魔力の波が周囲に広がっていく。

この波は発動者にしか視認出来ないようになっており、波は魔力を有する物体に当たると反発するのだ。

反発する波の大きさは、物体の魔力量や大きさによって変動する。

今回の場合、反発した波は小さなものだった。つまり、近くにいるのはそこまで大きな魔力を持っていない存在ということだろう。

「多分ホーンラビットだな。俺が倒すから二人はそこでジッとしててくれ」

「え？　あの――」

二人が何回を言おうとしているが、その前に俺は中腰になって剣を構えてみせる。

いくら小さな魔獣とはいえ、どんな攻撃をしてくるか分からない。

全力で狩らねば、二人に危険が及ぶかもしれない。

「『身体能力上昇《フィジカルアップ》』『攻撃上昇《アタックアップ》』『斬撃付与《スラッシュエンチャント》』……よし」

ありったけの魔法をかけ、右足に力を籠める。

そのまま勢いよく地面を蹴り、波が反発した場所目がけて飛び出した。

そこにいたのは白い毛皮に一本の小さな角を生やした兎《うさぎ》、ホーンラビットだった。

その兎に思い切り剣を振り下ろす。

兎の首が切断され、胴体がぱたりと横に倒れた。

「ふぅ……よしこれで大丈夫だ！　二人共、もう動いて良いぞ！」

剣に付着した血を吹き飛ばしながら、カイルとアンヌの方に顔を向ける。

するとカイルは申し訳なさそうな顔をして、話し始めた。

「あの、アルス様……ホーンラビットは危険な魔獣じゃないので、そこまでしていただかなくても大丈夫です！」

「二人にも対処出来るのか!?」

「ホーンラビットは俺達も罠にかけて捕獲出来るくらい弱いんです。でも最近は……ウェアウルフが森の中にいたからそれも出来なくて……」

カイルがそう口にすると、アンヌの目に涙が溜まっていく。

トト村を襲った魔獣のことを思い出してしまったのだろう。

俺は慌ててアンヌの傍に駆け寄り、しどろもどろになりながら慰めの言葉をかける。

「ああ、そうだったのか！　でもまぁあれだ！　トト村を襲った魔獣は、冒険者達が倒してくれるはずだ！　何も心配しなくていいぞ！」

「ぐすっ……はい！　ありがとうございます、アルス様！」

アンヌは涙をぬぐい俺に向かって頭を下げた。

しかし面倒なことになってしまった。

ホーンラビットがただの兎扱いされているとなると、第二の作戦が実行出来なくなってしまう。かといって、より強い魔獣を探すとなると、二人を危険に晒《さら》すことになる。

念のため二人に確認しておいた方がよさそうだ。

「ちなみに、二人じゃ倒せないような魔獣はどんな奴だ？　知ってたら教えてくれ」

「えっと、村の大人からはウルフ系やボア系の魔獣と遭ったら逃げろって言われてました。あとは森の奥には危険な魔物が住んでるから絶対に行かないようにって……」

「だから俺達はホーンラビットくらいしか倒したことありません」

カイルとアンヌは顔を見合わせながらそう口にした。

二人の発言を参考にすると、この森の中で子供が戦うと危険な魔獣はビッグボアということになる。

どんな魔獣かは知らないが、名前からして猪みたいな魔獣ってとこだろう。

「それじゃあボア系の魔獣を探しに行くことにするか。見つかるまで二人はルナと一緒にここら辺で待機しててくれ」

そう言って一人で森の中へ歩き出そうとする。

しかし背後からそれを制止するかのようにルナの声が聞こえてきた。

「申し訳ございませんが、アルス様を一人で行かせることは出来ません。私達と共に行くか、日を改めるかのどちらかにしてください」

「いや、大丈夫だって！　俺が強いの知ってるだろ!?　レオン兄様とだって互角にやり合えるんだぞ!?　魔獣だって余裕で倒せるさ！」

「……」

俺の説得も空しく、ルナは無言でジッと俺を見つめてくるばかり。

カイルとアンヌの二人も、なぜかついていく気満々と言った様子で、ルナの隣に移動していく。

どうしたものかともう一度ルナの顔を見ると、僅かに唇を噛み締めているのが見えた。

口下手な彼女の必死な抵抗。

それが見えただけで、俺の心の城壁はあっさりと崩れてしまう。

「はぁ……分かったよ！　一緒に行けばいいんだろ！　そのかわり、ルナと二人は離れた位置にいてくれよ？　危ない目に遭わせたくないからな！」

「承知いたしました。二人のことは私にお任せください」

俺が折れたことで、ホッと口を緩めて見せるルナ。

彼女が悲しむような行動は出来る限りしたくない。まぁルナもいることだし、仮にボア系の魔獣と出会ってもそこまで危険にはならないだろう。

折れるべきところは折れておかないと、あとで面倒になるのはごめんだからな。

一人で納得したあと、俺は森の先へとどんどん進んでいく。

素敵するべく歩幅を大きくした矢先、背後から明るい声が聞こえてきた。

「ルナ様の言った通り、アルス様って凄くお優しいんですね！　変な演技の命令してきた時は少し驚きましたけど……」

「アルス様は素直じゃないのです。あなた達も長く一緒にいれば分かるようになりますよ」

「わぁ！　流石ルナ様！　なんだか素敵ですねぇ！」

アンヌとルナのきゃぴきゃぴした会話を耳にした俺は、ため息を零さずにはいられなかった。

◇

それからサクッと『探知《サーチ》』の魔法でビッグボアを発見した俺は、先ほどと同様の魔法を発動させ、その巨体を真っ二つに切断した。

森の中に入ってから三十分もしないうちに、あっけなく終わってしまった魔獣討伐。

だが俺の本当の戦いはここから始まるのだ。

「いいか二人共！　顔は重点的に汚しとけよ！　腕とか足、あと見えやすいところも忘れずにな！」

「分かりました！　アンヌ、背中の方お願いしてもいいか？」

「分かったわ！　あとで私の方もお願いね？」

俺の指示に元気よく返事をするカイルとアンヌ。

二人は地面に用意された泥を体中に付着させていく。

それと同時に、俺は二人が身に着けていた防具を外させ、地面に並べた。

「ここに並べてと……よーし準備完了！」

防具を並べ終えると、その隣に置かれていたビックボアの死体に手を向ける。

「『空球《エアボール》』！」

魔法を発動させると、シャボン玉のような球体が俺の手のひらから放たれた。

その球を魔力で操作し、ビッグボアの死体へ近づけていく。

すると、ビックボアの血が球体に吸い寄せられ、中に入っていった。

球の中に十分な血が溜まったのを確認したあと、それを防具の上に移動させる。

そこで魔法を解除すると、並べていた防具目がけて血がドバっと零れ落ちた。

「おー上手いこといくもんだな！　中々いい味出てるじゃないか！」

血で染まった防具は、カイルとアンヌが死に物狂いでビッグボアと戦った証。街にいる冒険者達が見たら、そう思わずにはいられないだろう。

だがこれではまだ足りない。

「あとはこの牙を使って、いい感じに傷を付けていけば完成だな！　ふふふ……俺も悪徳領主が様になってきたんじゃないか？」

俺は誇らしげに笑みを浮かべながら、ビッグボアの死体から剥ぎ取った牙を防具に向けて振り下ろしていく。

一発一発丁寧に、まるで職人が剣を打つ時のような心持ちで、傷を付けていく。

なぜ俺がこんな作業をしているのか。

それは俺がビッグボアを倒せたのは、カイルとアンヌを盾役にして攻撃をしのいでいたからという、偽の証拠を作るためだ。

冒険者協会であれだけの発言をしてきたというのに、いざ帰って来たら奴隷を盾にせずビッグボアを倒してきてしまった。

そんな話、誰も望みやしない。

子供の奴隷を使ってビッグボアを倒したことを、誇らしげに話す馬鹿な領主。他の冒険者達からそう思われるためにも、この作業は欠かせない。

そのためにも集中して作業をしていると、背後からカイルとアンヌが声をかけてきた。

「アルス様！　言われた通りにやってみたんですけど、こんな感じでどうでしょうか？」

「おー凄いな、上出来じゃないか！　これなら二人が戦ったように見えるぞ！」

お互い協力して頑張ったのだろう。

泥だらけの二人の姿は、ビッグボアに弾き飛ばされ、地面を転げ回った盾役にしか見えない。

「仕上げにこの防具を着たら完璧だな！　あとはここら辺で時間を潰して街に帰るとしよう！」

「え？　あ……わ、分かりました」

俺が血で汚れた防具を渡すと、なぜか歯切れの悪い返事をするカイル。

アンヌも悲しそうな目をしている。

「どうした？　もしかして、血腥《ちなまぐさ》かったか！　それは少しの間だけ我慢してくれ！」

「いえ、そうではなくて……アルス様に買っていただいた防具が、半日経たずにこんな状態になるとは思ってなかったので」

「あーなるほどな！　まぁ別に使えない訳じゃないし、洗ったら使えるだろ？　なんなら買い直してやっても良いぞ！」

二人の言う通り、かなり傷付いてしまっているのは確かだ。

だが別にそこまで高かった訳ではないし、買い直せば問題ないだろう。

むしろ武器屋に行って悪評を広める機会が増えたと思えばプラスとすら言える。

それなのにカイルとアンヌの表情は曇ったまま。

俺が不思議に思っていると、今まで二人の近くに控えていたルナが俺の傍にやって来て耳元で囁いた。

「アルス様、少しよろしいでしょうか？」

「お、おう、分かった。二人共防具を着て待っていてくれ」

ルナに連れられて二人から少し離れた位置に移動する。

こんな森の中でなんの話かと思っていると、ルナは真剣な眼差しでジッと俺を見つめてきた。

そして静かに息をはいたあと、二人に聞こえないように話し始める。

「失礼を承知で言わせていただきます。あの子達の気持ちを良くお考えになってください」

「いや、気持ちを考えろって言われてもだなー。新しく買ってやるんだから良くないか？」

「はぁ……そういうところは本当に成長しませんね」

ルナは呆れたようにため息を吐きながら、やれやれと手を上げて見せる。

それでもなお、彼女の発言の真意を理解出来ないでいる俺に対し、ルナは諭すように話し始めた。

「あの子達は、貧しい村の出身です。つまり、アルス様が買い与えてくださった防具など、何十年と働かなければ買えないんです」

「それは分かってるさ！　でも買ったのは俺だぞ？　二人の懐が痛んだ訳じゃないし、悲しむ必要ないだろ！」

「それが間違いだというのです。二人にとって、あんな高価なプレゼントをもらったのは初めてのことでしょう。それも、王子であるアルス様に与えていただいたもの。二人にとっては宝物のように思えたかもしれません」

ルナはそう口にしながら二人の方に視線を送る。

俺も自然とルナを追うようにカイルとアンヌの方に目を向けると、顔を曇らせながらも、防具を着ている二人の姿が見えた。

その表情を見て、鈍感な俺でも分かった。自分の行為がどれだけ愚かだったのか。

俺は二人の宝物を傷付けてしまったのだ。

もしも前世の時から、ルナが俺の傍にいてくれたら、カイルとアンヌの気持ちも気付けたかもしれない。

いやそれはないものねだりというやつか。

「分かった。これからは気を付けることにする」

「本当ですか？　本当に分かりましたか？　立派な国王になるためには、そう言った感情にも敏感にならないとなりませんからね？」

分かったと言ったのに、ルナは何度も確認してくる。

しかも、国王にはなる気はないと何度も言っているのに、まだルナは俺が国王の座を狙っていると信じて疑っていないようだ。

流石の俺も苛ついてきた。ちょっと嫌味っぽく返してやろう。

「はぁ……。お前も少しは学習しろよ？　立派なメイドになるためには、主人の考えを察せられるようにならないとダメだからな？」

先のルナの発言に被せるような言葉を伝えてやる。

だがしかし、彼女は目を丸くして首を傾げて見せた。

「？？？　私はもうアルス様のことならなんでも分かっているつもりですが？」

その言葉に俺はすべてを諦め、大きなため息をはいた。そして静かにカイルとアンヌの元へと戻り、二人にもう一度謝罪したのであった。

◇

アンヌとカイルに謝罪をしたあと、俺達は平原に出て軽く休憩した。

それが終わると、ビッグボアの死体を縄で縛りあげ、馬車に乗せてハルスの街へ帰還する。

そして街の入り口付近に到着したタイミングでアンヌとカイルを馬車から降ろす。

最後にビッグボアの死体を二人に持たせ準備は完了した。

「いいか、カイルにアンヌ!!　ここから先は二人の演技力にかかってるからな！　最高の演技を俺に見せてくれ！」

「はい！　任せてください！」

二人は力強く返事をすると、ビッグボアの死体を縛っていたロープを握って引きずり始めた。

ズリズリと音を立てながら、少しずつ前に進んでいく。

実際は死体には魔法をかけているため、そこまで重くないのだが、二人には飛び切り重そうな演技をしてもらう予定だ。

「はぁ、はぁ、はぁ……」

息を荒らげ、額に汗を滲ませるカイル。

映画なら主演男優賞を取れそうな演技に思わず涙が零れそうになる。

が、しかし——

「うーーーん、重いなぁ！　すっごく重いよぉ！　こんな重くちゃ運べないよぉ！」

カイルの隣で大根役者としか言いようのない様子で振る舞うアンヌ。

もうなんというか、見ているこっちが恥ずかしくなるくらいに酷い演技だ。

あのまま街の中に入られたら、大道芸でもしているんじゃないかと思われかねない。

「しょうがないな。少し我慢してくれよ……『重量操作《グラビティ》』」

俺が魔法を使うと、彼女は驚いたように目を丸くした。

ビッグボアの死体を軽くするためにかけた魔法。それをアンヌには真逆の効果が発揮されるようにしたのだ。

自分の身に起きた変化に気付いたのか、その原因であろう俺の方に顔を向けて口をパクパクしている。

突然重くなったことに困惑しているのだろう。

「はははは！　しっかり運べよ奴隷達！　それはこの俺が仕留めたビッグボアなのだからなぁ！」

アンヌの訴えを無視するように声を上げる。

それで彼女も察したのか、必死になって引きずり始めた。だいぶ真剣な表情になったアンヌを見て俺は安堵の息をはいた。

そのまま街中へと進んでいき、冒険者協会の前までやって来た。

道中二人を助けようとする人達が数人いたが、その背後にある馬車を見るなり逃げるように去っていく。

馬車に描かれた王家の紋章を見て、手を出してはいけないと察したのだろう。

つまり、鬼畜の所業をさせた張本人が俺だということは伝わったはず。

「くっくっく。さぁ仕上げといこうじゃないか！　お前達、私についてくるがいい！」

俺は憎たらし気な笑みを浮かべながら、協会の扉を勢いよく開く。

一仕事を終えた冒険者達が酒を飲んでいたのか、いつにもまして酒の匂いが充満している。

いつもなら鼻をつまむしぐさの一つでもしてやるのだが、今日はそれをやる必要はない。

「魔獣討伐の報告に来てやったぞ！　アレが私の倒したビッグボアだ！　見るがいい！」

その言葉につられて、冒険者達の視線が俺の背後へと移る。

直後、彼らの瞳に怒りが籠った。

俺は満足そうに鼻を鳴らしながら受付へと歩いていく。

「魔獣を倒して来てやったぞ！　さぁ報酬を渡すがいい！」

「あ、ありがとうございます……こちらが報酬になりますので、ご確認ください」

突然の出来事に受付の女性は顔を引きつらせながら、カウンターの上に銀貨を四枚のせた。事前に確認していた報酬額と同じである。

冷静に考えてみれば、この世界で初めて自分で働いて手に入れたお金だ。

思わず喜びそうになったが、それを堪え、俺は女性を睨みつけながらカウンターを思い切り叩いた。

「何だこれは！　ビッグボア討伐の報酬が、たった銀貨四枚だと!?　この私が倒してやったというのに、なんだこの額は!!」

「も、申し訳ございません！　報酬は誰であろうと全員平等と決まっているのです！」

「ちぃ！　これだから冒険者共は気に食わんのだ！　お前達、さっさとそのゴミを置いて帰るぞ！」

冒険者達を馬鹿にしつつも、守銭奴《しゅせんど》らしくしっかりと銀貨を回収していく。

こういった細かいところで、悪徳領主らしさが出していくのだ。

俺が協会の出口に向かって歩き始めたのを見て、アンヌとカイルは言われた通りにビッグボアの死体から手を離した。

そのあとに申し訳なさそうに周囲の冒険者へと頭を下げる二人。

その様子を黙って見ていた冒険者達だったが、あの男だけは違っていた。

以前絡んできた男、フランツは鼻息を荒らげながら俺の目の前にやってくると、黙ったまま俺を睨みつけてきたのだ。

「はぁ、またお前か。今度はなんのようだ？　ビッグボアを倒した私に、謝罪の一つでもしようというのか？」

「おい！　あの子達はなんでボロボロなんだ！　なんであんたは傷一つないんだ！　どうやってビッグボアを倒したんだ！」

フランツはそう叫びながらカイルとアンヌの方を指さす。

二人は一瞬だけ嬉しそうに笑みを浮かべた。自分達のカモフラージュが上手くいったことで喜んだのかもしれない。

だがその直後、申し訳なさそうにフランツから顔を背けた。多分、自分達のために怒ってくれている人を騙している罪悪感からくるものだろう。

だがフランツにはそう判断しなかったらしい。

俺が真実を言えないよう、脅している風に見えたのか、より一層怒りをあらわにして、息を荒らげている。

「そんなこと決まっているだろう？　私がこの剣で切り裂いただけのことだ！　……その間、あの者達が自らの意思で私を守ってくれただけ。そこに何か問題でもあるのか？」

フランツは真っ赤になったものの、俺の背後のルナを見て悔しそうに顔を背けた。

「……ねぇよ！」

「ふん！　ならさっさとそこをどけ！　私は忙しいんだ！　行くぞお前達！」

フランツを煽るだけ煽りちらし、二人を引き連れて外へと出ていく。

扉が閉まると、中から激しい物音と俺を罵倒する声が聞こえてきた。

その声に驚き、心配そうに俺の方を見るカイルとアンヌ。

詳細は話していないが、二人には俺がこんなことをするのは、すべて領地のためになるからだと嘘を吐いている。

二人から見れば、領地のために自分の身を犠牲にしている王子にしか見えないだろう。

「アルス様……大丈夫ですか？　私達はアルス様のこと、分かっていますからね！」

アンヌの純粋無垢な瞳に見つめられ、俺の心はズキズキと激しい痛みに襲われた。

自分の欲望のために、悪徳領主を目指していると知ったら、二人はどう思うだろうか。

「ありがとう、二人共。俺も精一杯頑張るよ」

全力の作り笑いで二人を安心させることしか今の俺には出来ない。

俺はこうして無事に、悪徳領主として悪評を広めることに成功した。その安堵から、その日は深い深い眠りについたのだった。

◇

それから一週間ほど、冒険者達からの評判を下げるために同じような作業を繰り返しては、冒険者と口論するという日々を送っていた。

そして今日も同じように魔獣を討伐して帰路についていた時、異変が起きたのだ。

ガシャンガシャンという音がしたかと思うと、アンヌが慌ててその場にしゃがみ込んだのだ。

よく見ると、アンヌの傍には彼女に買い与えた防具が落ちている。

「す、すみません！　今拾って付け直しますんで！」

アンヌはそう言って防具を拾い、付け直そうと試みる。

だが留め具の部分が傷んでおり、修理しなければならない状態までになっていた。

そしてそれと同時に、カイルの方の防具も地面に落ちる。

こちらも確認すると、アンヌの防具とほとんど同じレベルまで傷が付いていた。

ルナと共に状態を確認するが、ルナもこれはどうにもならないと首を横に振っている。

この一週間、魔獣の牙や角でわざと傷を付けていたせいで、留め具があっという間に傷んでしまったのだろう。

二人にとっては大切な防具だったろうに、それをこんな状態にしてしまった。

それは申し訳なく思うが、これではもう防具として使うことは出来ない。

「こりゃダメだな。街に帰ったら武器屋に行って新しい防具を買おう。それが完成するまでは二人共屋敷で自由に過ごしていてくれ」

「そんな！　私達なら大丈夫ですよ！　戦うのはアルス様ですし、今までと同じ仕事なら問題なくこなせます！」

そう言ってアンヌは防具を手に取ると、再び自分の胸部分にあてがい始めた。

カイルも自分の防具を両手で強く抱きしめてみせる。

彼の瞳からは、絶対に離してなるものかという強い意志が感じられた。

そんな彼らの様子を見て、胸がズキズキと痛む。俺の安易な作戦のせいで、二人から宝物を奪ってしまうことになるとは。

「……気持ちはありがたいが、ダメなものはダメだ。魔獣に襲われる危険性がある以上、二人の防具は万全にしとかないと。二人に怪我をさせる訳にはいかんからな。いいな？」

「……はい」

俺の説得に、カイルとアンヌは唇を噛み締めながら渋々納得していた。

それから俺達は気まずい雰囲気の中、街へと歩いていくのだった。


街の入口を抜け、先日武器屋へと向かっていく。

道中、前から四人組の冒険者達が歩いてきた。その集団とすれ違う瞬間、彼らの目線がアンヌとカイルの体へと向けられる。

外から帰ってきたばかりの二人が、なんの装備もしていないことに違和感を覚えたのだろう。

彼らはひそひそと小さな声で喋り始めた。

「おい……あの二人、今日は防具もつけてねぇみたいだぞ！　もしかして、あのガキに全部没収されたんじゃねぇか⁉」

「マジかよ！　話には聞いてたけど、相当ヤバい奴なんだな！」

「ああ……聞いた話だと、屋敷で何人も子供の奴隷を飼ってるらしいぜ……」

先頭を歩いていた男二人が、冷ややかな目で俺の顔を見ながらそんな言葉を呟く。

いつもなら絶好のチャンスだと、張り切って悪徳領主を演じ始めるのだが、カイルとアンヌの沈み切った顔を見ると、それも出来なかった。

とはいえ、冒険者達の間では着実に悪名が広まっているようだ。

これもカイルとアンヌの二人が頑張ってくれているおかげかもしれない。二人にはとびきりの防具をプレゼントしてやることにしよう。

そんなことを考えながら、武器屋へと歩を進めていく。

だがその直後、男二人の後ろを歩いていた二人組の女性が、明るげな雰囲気で話し始めたのだ。

「そうかなぁ？　あの人そこまで悪い人じゃない気がするけど」

「私もそう思うんだよねぇ。実はちょっと噂で聞いたんだけど――」

遠ざかっていく冒険者達の方から、驚きの声が上がりはじめる。

気になって振り向くが、もう冒険者の姿はなくなっていた。

結局その後、俺はなんだか悶々《もんもん》とした気分で武器屋へ向かうことになったのだ。

それから歩くこと数分。聞き覚えのある、金属を打つ音が聞こえてきた。

徐々に大きくなっていく音に、俺はスーツの襟を正すかのような気持ちで、両手の指に十個の指輪をはめていく。

先ほどは落ち込んでいたが、今は悪徳領主としてのイメージを作り上げている最中なのだ。

こういう細かいところからコツコツと積み上げていくことが重要なのは間違いないだろう。

深く息を吸い込んだあと、カイルとアンヌに壊れた防具を持たせ、俺は力強く扉を開けた。

カランコロンという鈴の音と共に、俺達は武器屋の中へと入っていく。以前来た時よりも整理整頓された店内に、少し感心した。

「いらっしゃい。今日はどういったご用件で？」

奥の部屋からやってきたおじさんが、俺と目が合うと面倒くさそうに挨拶をする。

だがその言葉には、以前よりも『接客しよう』という態度が現れていた。

もしかして、以前来た時に俺が嫌味を言ったから、いやいやながらも態度を改めたのか？

だとしたら、今回ももっと強めに行けば、ますます評判を落とすことが出来るかもしれない。

そう考えた俺は、以前よりもふてぶてしそうに胸をそらしながら、おじさんに話しかけた。

「ふん！　ちゃんと挨拶が出来るようだなぁ！　それに、前よりは少し綺麗になっているみたいじゃあないか！　言っても無駄だとは思っていたが、どうやら話を聞いていたようだ！　褒めてやろう！」

「そりゃどうも……それで、今日はどういったご用件で？」

そんな俺の傲慢な態度にも、おじさんはあっけらかんとした態度で返事をする。

なんだか以前とは違うおじさんの態度に違和感を覚えながらも、俺はめげずに高圧的な言葉で命令した。

「奴隷達の防具が壊れてしまったようでな！　新しい防具を買いに来てやったのだ！　さっさと新しいものを出せ！　おっと、以前よりも耐久力のあるものにするのだぞ！　この防具のように、簡単に壊れてしまっては困るからな！」

俺の言葉を聞いたおじさんが、アンヌとカイルの手の中にある防具へと視線を向ける。

その防具の状態を見て、おじさんがの眉がピクリと動いた。その直後もの凄い目つきで俺を睨みつけ始める。

あまりの形相に思わず体が強張る。だがここで後ろに下がる訳にはいかないと、俺は二人に向かって命令した。

「おいお前達！　さっさとその防具を捨てないか！　そんな壊れた防具、なんの役にも立たんのだからな！」

その言葉を聞き、カイルがゆっくりと足を踏み出す。

それから悲しそうに目を背けながら、防具をカウンターへ置いた。その時だった――

「あの、お願いします！　この防具、なんとか修理してもらうことは出来ませんか！」

アンヌがカイルとおじさんの間に割って入って、そう叫んだのだ。

突然のことに驚いて目を見開くおじさん。

だがすぐに冷静な顔つきに戻ると、アンヌがカウンターの上に置いた防具を手に取ってジロジロと見始めた。

「出来ねぇことはねぇが……」

おじさんが小さな声でそう呟いきながら、アンヌの顔を見やる。

その言葉を聞いた二人の目がパッと輝き始めた。カイルも自分が持っていた防具をアンヌの防具を押しのける勢いでおじさんの前に差し出した。

「すみません！　俺のもお願い出来ませんか！」

「ちょっとカイル！　私の方が先に頼んだからね！」

言い争いながらも、どこか嬉しそうな表情を浮かべるアンヌとカイル。

その様子を見て、俺は慌てて三人の会話へと割って入った。

「おいお前達！　俺は新しいのを買えと言っているんだぞ！　その防具よりも、ずっと性能のいい装備を買ってやると言ってるんだ！」

「嬢ちゃん達のご主人様はああ言ってるが……どうすんだ？」

俺の言葉を聞いたおじさんが、カイルとアンヌの目をじっと見つめながらそう問いかけた。

おじさんに問いかけられた二人は、迷うことなく即座に俺の方へと顔を向ける。

そして真っすぐな瞳で俺を見つめたあと、二人揃って頭を下げてきたのだった。

「アルス様！　どうかお願いします！　私達にとって、この防具は大切な宝物なんです！　だからどうか、この防具を使わせてください！」

「お願いします！　アルス様が買ってくださったこの防具、一生大切にしますから！」

頭を下げながら必死に訴えかけてくるカイルとアンヌ。

これほどまでに俺が買ってあげた防具を大切にしてくれているとは。今にも涙が溢れそうになるほど、感動で胸が一杯だ。

なぜかおじさんまで恥ずかしそうに鼻をすすりはじめている。

まるで「いいもの見せてもらったぜ！」とでも言いたそうな顔で、俺達のやり取りを眺めていた。

彼はこの流れで、防具を修理することになるとでも思っているのだろう。

だがそうはいかないのが『ちょい悪徳領主』だ。

おじさんが俺達に心を開きかけているこの状況下で、二人に対し突き放すような言葉をぶつければ、俺の印象はマイナス方向へ突き抜けていくはず。

二人には悪いが、この状況は千載一遇のチャンスなんだ。

「いい加減にしろ！　その防具を修理したとして、以前と同じような状態に戻るのか⁉　形だけ戻ったところで、お前達の身体を守れなければ意味がないんだぞ⁉　そんなゴミクズ、さっさと捨ててしまえ！」

自分で言っていて胸が痛むような言葉を、カイルとアンヌにぶつける。

言われた本人達も、まさかそんな言葉を告げられると思ってもみなかったらしく、ショックで固まってしまっていた。

その様子を見て、ますます俺の胸の痛みが増していく。

だがこれでおじさんから見た俺の印象も悪くなるはず。

そう思いながら、おじさんの方へと視線を向けると、なぜかおじさんはニヤニヤと意味ありげな笑みを浮かべていたのだ。

「舐めてもらっちゃ困るぜ、旦那ぁ！　ここはハルスの街一番の武器屋、『ギングスの槌《つち》』！　このギングスに直せない防具なんてねぇ！　こいつらの防具も、完璧に元の状態に戻してやるってんだ！」

そう口にしながら、胸をドンと叩いて見せる、おじさんことギングス。

まさか俺の挑発に彼の方が乗ってくるとは思いもしなかった。

カイルとアンヌの二人も、先ほどとは打って変わって、希望に満ちた瞳でギングスを見つめている。

このままではまた流れが変わってしまう。どうにか元の険悪な雰囲気に戻さねば。

こうなったらギングスにプレッシャーをかけ、修理を断らせるしか道はない。

「ほ、ほぉ！　そこまで言うのなら見せてもらおうではないか！　だがもし万が一、元の状態に戻せなかった時は……どうなるか分かっているのだろうなぁ!?　それが怖ければ、先ほどの貴様の発言もなかったことにしてやってもよいぞ！」

ニヤリと笑みを浮かべながら、ギングスに詰め寄っていく。

ここまで圧をかければ流石にこの男も修理を断るだろう。そう思ったのだが、どうやら俺の見立てが甘すぎたようだ。

俺の圧をものともせず、ギングスは自信満々といった様子で笑ってみせた。

「はん！　男が一度言った言葉を取り消せるかってんだ！　そん時は店を閉めてこの街から出てってやるよぉ！」

「い、言うではないか！　その言葉、ゆめゆめ忘れるんじゃないぞ！」

ギングスの言葉に、俺は負け犬の遠吠えのような捨て台詞で返すことしか出来なかった。

そして結局、ギングスは二日と経たずに二人の防具を完璧に直してしまい、俺の『ちょい悪徳領主』として悪印象を与える作戦は失敗に終わったのだった。

◇

防具が直った翌日、俺達は冒険者協会にやってきていた。

ギングスに悪印象を与える作戦が上手く行かず、沈んだ気分でやってきた俺だったが、その気分が一転することになる。

いつものメンバーで協会の中へと足を踏み入れた時、中にいた冒険者達の会話がピタリと止まった。

そのほとんどの視線が、俺とカイルとアンヌとルナの四人に向けられる。

なんだか奇妙な空気が漂い始める中、隅の方からひそひそとした会話が聞こえてきた。

「なぁ聞いたか。あの野郎、ギングスさんに無理言って、奴隷達の防具二日で修理させたらしいぜ?」

「その話、私も聞いた！　しかも修理代もめちゃくちゃ安くしてもらったらしいよ！『俺様は領主だぞ！』とか言って！」

「おいおいマジかよ……領主のくせにケチくせぇ奴だな」

聞こえてくる会話の内容に、俺は驚きながらも内心興奮していた。

なぜか俺への悪評が広まりだしていたのだ。

あの一件は失敗で終わったはずなのに、一体どういう風に広まったのだろうか。

もしかしたら店の外から様子を見ていた人間がいて、会話は聞こえなかったが雰囲気だけで想像して噂を広めてくれたのかもしれない。

その人間には盛大に感謝の言葉を述べたいくらいだ。

打って変わって気分が上がる俺の元へ、さらなる幸運が訪れることになる。

「見つけたぞ、このクソ野郎！　子供達を解放しやがれぇ!!」

額に血管を浮かび上がらせ、怒りを露わにするフランツが現れたのだ。

以前のような一触即発の雰囲気に、場が騒がしくなる。

今にも殴りかかって来そうなフランツだったが、俺の後ろに控えていたルナの顔を見て、体をビクリと震わせた。

以前頭を潰されそうになった記憶が蘇ったのだろう。俺は身体を震わすフランツに対し、鼻で笑いながら話しかけることにした。

「フン！　うるさい男がいると思ったら、以前ルナにのされたバカ男ではないか！　相変わらず、猿のような男だなぁお前はぁ！　脳みそが筋肉で出来てでもいるのか？」

「う、うるせぇ！　俺は知ってんだぞ！　お前がその二人以外にも何人も、村の子供達を奴隷にしたってことをなぁ！」

女に負けたという事実を口にされて恥ずかしそうに顔を赤くするフランツ。

だがすぐに元の表情へ戻ると、声を荒らげながら俺の悪行を暴露し始めたのだ。

フランツの口から出た内容に、周囲の騒ぎは一段と大きいものになっていく。

俺が子供の奴隷を買った詳細な理由を知らない冒険者からすれば、さぞ極悪非道な領主に見えることだろう。

このまま順調に悪行が広まってくれると思いきや、ルナが呆れたように口を開く。

「あなた達は馬鹿なのですか？　アルス様が子供達を奴隷にしたのには――」

「ぬぉぉぉ！　ルナは静かにしていろ！」

案の定、ルナがフランツの口にした噂を否定しようとしたため、俺は慌てて彼女の口を両手で塞いだ。

俺に口を塞がれたルナは、一瞬驚いたように目を開く。

だが主人である俺の意向を無視は出来ないと理解したのか、ルナは不満気に頬を膨らませながらも、口を閉じてくれた。

ルナが静かになったのを確認した俺は、再びフランツの方へと顔を向ける。

まだ怒りのボルテージが上がり続けているのか、フランツは今にも俺にとびかかって来そうな表情を浮かべていた。

そうならなかったのは、彼の腕を必死につかんで離さずにいる仲間のおかげだろう。

だが俺は殴られてもいい覚悟で、あえてフランツを挑発してやった。

「それがどうしたというんだ!? 子供達の両親が金に困っていたから、私が子供を金で買ってやったまでだ! それの何が悪いというんだ!」

「っ、てめぇぇぇ! 苦しんでる奴らの心につけ込みやがったんだろうが! それなのに、買ってやっただと!? このゴミ屑《くず》が!! 子供達を屋敷に閉じ込めて、一体何するつもりだぁ!」

挑発にまんまと乗っかったフランツが、腕を抑える仲間を引きずりながらジリジリと俺の元へ近づいてくる。

それを見た他の冒険者達が、慌てて仲間に加勢してフランツの歩みを止めた。

俺は自分の身の安全が確保されたことでますます調子に乗り、続けざまにフランツを煽っていく。

「何をだと? そんなの決まっているだろう! たっぷりと可愛がってやるのさぁ! 昨日もずいぶん遅くまで遊んだものだ! おかげで今日は少し寝不足だよ! アハハハ!」

そう真実を告げてやると、フランツだけでなく彼を抑えていた冒険者達までもが怒りと憎悪の籠った瞳で俺を睨みつけてきた。

おそらく俺の言葉の意味を深読みし、嫌な想像でも膨らませたのだろう。

だが俺は本当に子供達と遊んだだけなのだ。

昨日はカイルとアンヌが、修理が完了した防具の調整を行うとかで二人揃ってギングスの店へ行っていたため、俺は暇を持て余していた。

やるべき公務も特になかった俺は、オレット達に預けていた子供達の様子を見に行くことにしたのだ。

その時、子供達はオレットと共に鬼ごっこをして遊んでいる姿を見て、心のどこかで癒しを求めていた俺は、いつの間にか子供達に混ざって一緒に鬼ごっこを楽しんでいた。

それからかくれんぼをしたり、お昼寝をしたり、そりゃ最高の休みを満喫したものだ。

だがそれを知らないフランツ達俺が子供達に無理やり仕事を押し付けて、虐《いじ》めているとでも思ったのだろう。

そんなこと絶対にするはずもないのに。

「くそがぁぁあ!!　殺す！　ぜってぇに殺してやる！」

「落ち着け、フランツ！　頼むから落ち着けって！」

「ハハハハ！　やれるものならやってみろ！」

暴れるフランツを必死に押さえつける冒険者達。俺はそんな彼らを嘲笑《あざわら》うかのように、ニヤニヤと笑みを浮かべながらその場をあとにした。

◇

騒動の一時間後。俺達は魔獣を狩りに街の外へと繰り出していた。

修理された防具を身に着けながら、上機嫌にビッグボアを街へと運ぶための準備をしていくアンヌとカイル。

俺は二人の後ろでニコニコと笑いながらその様子を眺めていた。

「いやぁまさかあそこまで上手く行くとはな！　奴隷を購入した時はどうなるかと思ったが、それが今このタイミングで芽吹くとは！　果報は寝て待てというが、まさにその通りだ！」

トトト村で奴隷を買い終わった時、レイゲルとルナは素晴らしい善行をしたと俺を褒めちぎった。

だから正直、その件に関しては失敗に終わったと思っていた。

しかし幸運なことに、その失敗が成功へと羽化したのだ。まるで蛹《さなぎ》が蝶《ちょう》へと姿を変えたかのように。

「それもすべてフランツのおかげ！　いやぁ本当あいつには感謝してもしきれない！　今後とも仲良くしてもらいたいものだなぁ！」

あの脳筋男のおかげで、今まさに俺の悪評が冒険者達に広まっていることだろう。

その噂が広まっていけば、そのうち俺の悪評も兄様達に届くはず。

そうなれば、俺はお役御免《やくごめん》となり無事に王城へ連れ戻されるに決まっている。

そんな未来を思い浮かべながら高笑いをしていると、不機嫌そうなルナが視界に入った。

こんなにも順調に計画が進んでいるというのに、ルナは俺の顔をジーっと見つめながら頬を膨らませている。

「なんでルナがそんな不満そうなんだ？　なんか嫌なことでもあったのか？」

俺がそう問いかけると、ルナは眉間に小さなシワを寄せながら話し始めた。

「あの男は、何度もアルス様を殺すと言っていたのですよ？　そんな男と、仲良くしたいと仰るのですか？　私には……理解出来ません」

「あーまぁそうだよな。主人である俺を殺そうとする奴のことなんか、好きになれる訳ないか」

怒ったような口調で告げられたルナの言葉を聞いて、俺は彼女の心情を理解することが出来た。

いくら計画のためとはいえ、自分が仕える主に向かって汚い言葉を吐く奴なんかに良い感情を抱くはずがないだろう。

俺も立場が逆だったらブチギレてたかもしれない。

ルナやルイスに対して馬鹿にするような態度をとる人間がいたら、今の彼女のような感情を抱いていただろう。

だがそれはあくまでも相手が悪人だった場合だ。

今回の場合はその限りではない。

「ルナは嫌いかもしれないが、フランツはいい奴だぞ？　見ず知らずの子供のために、王子である俺に向かってあんな態度取れるんだからな。ああいう奴がいればこの街もきっと良くなっていくはずさ」

諭すような俺の言葉に、ルナはまだ不満を露にしつつも、渋々納得しているようだった。

ちょうどそのタイミングでアンヌ達の作業が終わったようで、二人が俺達の元へと駆けてきた。

「アルス様！　出発の準備が出来ました！」

「お、そうか！　お疲れ様！　それじゃあ早速帰るとするか！」

二人に労いの言葉をかけ、ビッグボアの死体に『重量操作《グラビティ》』の魔法をかけて二人に運ばせていく。

それからいつものように街へ帰ると、悪徳領主っぷりを見せびらかしながら冒険者協会へ、魔獣討伐の報告をしに向かった。

それから屋敷に帰ると、俺は今日の疲れを取るために眠りについた。

ふかふかのベッドの上で横になり、明日から行う悪事へ思いをはせる。今日みたいにきっと上手いことといくはず。

そんなことを考えていると、俺はいつの間にか深い眠りについてしまった。

第四章

そして目が覚めた時、俺は知らない場所で椅子に座っていた。

「え？　なんだ、ここ……見たこともない部屋だ」

目が覚めた俺の目に映りこんだのは、薄暗く汚れた壁だった。

俺が眠りについた寝室とは似ても似つかない部屋のありさまに、思考が停止する。それに、なんだか体が自由に動かない。

「は！　もしかしてこれは夢か⁉　なんだよ驚かせんなよなーったく！」

俺は必死に目を覚まそうと、何度も目を閉じたり開けたりしてみる。

しかし、目の前の景色は一向に変わらない。

それどころか、後ろ手に組まされている腕が痛みを感じてきた。夢の中ならば絶対にあり得ない現象。

俺は恐る恐る視線を下に向ける。

その視線の先には、俺の手足と腹を椅子に固定して縛り付ける縄のようなものがあった。

「ハハハハ……何、これ。なんで俺、縛られてんの？　もしかして、ルナの奴がいたずらでもしちゃったのかなぁ？」

何が起きているのか全く理解出来ず、不安から足がガクガクと震え始める。

部屋の中を確認しようと辺りを見回すと、前方に窓ガラスが見えた。

その先には漆黒に染められた空と、小さく輝く星々が見える。

「お、おかしいなぁ！　なんで誰も迎えに来ないのかなぁ！　おーい、ルナ！　悪戯《いたずら》はやめなさーい！　昼間のことで怒っているのかぁ！」

きっと俺がフランツと仲良くしたいと言ったことが、ルナは気に食わなかったんだ。

それでお灸《きゅう》をすえるつもりでこんなことをしたに決まってる。

いや、むしろそうじゃないと俺が困る。

だがそんな願いも空しく、俺が何度叫ぼうともルナがやって来ることはなかった。

「はぁ……ダメか。仕方ない。なんとかして自力で屋敷に帰ろう」

魔法で身体能力を強化すれば、この程度の縄はどうとでもなるだろう。

諦めて縄を引きちぎろうとしたその時、壁の向こう側から足音が聞こえてきた。

一瞬ルナが来てくれたのかと思い声を上げようとする。

しかし、足音の間隔がいつもと違うことに気付き、俺は咄嗟に口を閉じた。

扉が開き、暗闇の中から人の姿が現れる。

その人間の姿に俺は思わず目を見開いた。

見覚えのあるガチムチヤクザみたいな風貌。その男が俺を睨みつけながらニヤリと笑みを浮かべた。

「よぉ領主様……ご気分はどうだい？　ぐっすりと眠ってたみたいじゃねぇか」

「お、お前は、昼間の冒険者じゃないか！　一体これはなんの真似だ！」

俺がフランツを睨みつけながら問いかけると、奴は俺の胸倉を掴みながら声を荒らげてみせた。

「決まってんじゃねぇか！　お前みたいなクソガキに、キツイお灸をすえてやるんだよ！　自分がどれだけひでぇことしたのか、身をもって味わいやがれ！」

「な、なんだと！　そんなことのために俺を誘拐《ゆうかい》したってのか！　ふざけるんじゃない！」

「はっ！　好きに吠《ほ》えてるといい！　あとからピーピー泣いてもやめやしねぇからな！」

俺の胸から手を離すと、フランツは後ろに立っていた仲間にぼそぼそと声をかけ始めた。

そのままフランツを残し、仲間達は外に出ていってしまう。どうやら俺に何かをするのはフランツ一人のようだ。

部屋の隅に置かれていた机の上に、見たこともない武器を並べていくフランツ。

その背中を見ていると、俺の頭の中に一つの疑問が浮かんできた。

彼らはどうやって俺を誘拐したのかという点だ。

「な、なぁ！　一つだけ聞きたいことがあるんだが、どうやって俺を誘拐したんだ？　屋敷には賊《ぞく》が侵入出来ないように警備兵を巡回させていたはずだぞ？」

俺の言葉にフランツの動きが止まる。

振り返ったフランツは、満面の笑みを浮かべていた。

奴の顔を見て、何かもの凄い方法があったのかと想像を膨らませていく。

しかし、フランツの口から出た内容は、その想像を遥かに上回るものだった。

「冥途《めいど》の土産《みやげ》に教えてやる。俺達があんたをここに連れてこれたのは……全部アンタのところのメイドのおかげさ！」

「……は？？？　メイドだと!?　そんな馬鹿な……誰が俺を裏切ったって言うんだ！」

フランツの言葉に俺は動揺を隠すことが出来ない。

メイド達が俺を裏切るだなんて、一ミリも想像していなかった。誰が裏切ったのか、その見当すらつかない。

慌てふためく俺に対し、フランツは上機嫌になってぺらぺらと話し始めた。

「俺達が屋敷に忍び込んだところに、ルナというメイドがやって来たんだ。事情を話したら、あのメイド、『アルス様もあなたと仲良くしたいと仰っていました』とか意味分かんないこと言って、寝ているアンタを連れてきてくれたぜぇ！　アンタは仲間にも見捨てられたんだよ！　ざまぁねぇな!!」

真実を告げたフランツは、高らかに笑い声を上げながら再び机の方へと体を向けた。カチャカチャと金属音が響き始める。

武器を見せつけるように手に取っていくフランツ。

彼は俺の恐怖心を煽ろうとしているのだろうが、俺はフランツに意識をさいている余裕はなかった。

（ルナかぁぁぁ、あのバカ野郎！　何が俺のことはすべて分かってますだよ!!　確かに、悪徳領主はこういう奴らに捕まって裁かれるかもしれないよ？　でもそれは最後じゃん！　こんな序盤じゃないじゃん！　もうちょっと考えてくれよ!!）

あのド天然メイドのおかげで死地に立たされることになるとは思いもよらなかった。

天然だったとしても、王子を誘拐させるなんて馬鹿にもほどがある。

しかし、ルナが今回の件に関与しているということを知れただけで安心出来た。彼女が俺を殺させるはずがない。

ということは、今もこの場所の近くに潜んでいるのだろう。

（待てよ？　命の保証が取れたんだ。だったらここで悪徳領主っぽく振る舞って、さらに悪評を広めるのもありなんじゃないか？　ルナはそれを見越していたとか……いやそれはないか）

そんな二手先まで考えられるようなメイドではないことは確かだ。

だがこの状況をプラスに働かせてこそ、悪徳領主というもの。ここはルナのパスを活かしてビッグゴールを決めるとするか。

「ま、待ちたまえ!!　確か君はフランツと言ったね!?　どうだねフランツ君！　いくら欲しいんだ？　言い値を君に払おうじゃないか！」

「ああ？　……金どうこうの話じゃねぇんだよ。俺はあんたの腐った性根が許せねぇって言ってんだ。あんたみたいのが王にでもなった日にゃ、この国は終わる。その前に、俺があんたを終わらせる！」

「ひぃぃ！　やめてくれぇ！　なんでもする！　子供達も解放するし、なんなら父上達に今回の件を訴えてくれて構わない！　そうすれば、私が王になることはないだろう？　だから命だけは助けてくれぇ！」

俺の迫真の演技によって、フランツの表情が一瞬揺らぐ。

いくら鬼畜のゴミ糞王子と言えど、彼から見れば俺は子供なのだからそうなるのも当然だ。

性根の優しい人間だからこそ、俺みたいなクズ人間を殺すことにも躊躇《ちゅうちょ》するのだ。

「……ふん……今更おせぇよ。あの世で後悔するんだな」

しかし、フランツは武器を一つ手に取る。

誰かが汚れ役を担わなければならない。フランツはそれが分かっているから、その役目を引き受けたのだ。

まるで前世の俺が、曽根原がデートに遅れないよう、仕事を引き受けた時と同じように。

フランツは目を背けながらそう口にすると、手に持った武器を構えた。

「うわぁぁ待ってくれぇ！　助けてくれぇぇ！　殺されるぅぅ！」

俺は叫びながら、部屋の窓へと目を向ける。

ルナにこの声が聞こえているはず。きっとすぐにでもルナがやって来て、フランツをボコボコにすることだろう。

そのあとで、俺はこの男が殺されないよう、段取りを取らねばならない。

だがなぜか、ルナの姿は見えない。

その間にも、フランツの覚悟が決まろうとしていた。

「……ふぅ。俺がやらなきゃいけないんだ。俺が……」

「ルナ!?　おい、ルナ!!　マジでヤバいぞ!!　早く助けろって!!」

「うぉぉぉ！」

フランツが覚悟を決め、雄叫びをあげながら武器が振り下ろされる。最早これまでかと思われた瞬間——

「ギャァァ!!」

部屋の外から男の叫び声が聞こえてきた。その声にフランツの手が止まる。

「な、なんだ、どうした！　おい、ユーリ、ファトマ！　クソ！　二人共一体何してやがる！」

フランツは俺に背を向けると、部屋の外へと飛び出していった。

そしてすぐに、フランツの悲鳴が上がり、外は静けさを取り戻す。

ルナが仲間を含めた全員を気絶させたのだろう。

俺はやっと助けが来たことに安堵し、自力で縄を引きちぎって部屋の外へと出ていく。

部屋の外は木々に囲まれていた。

どうやらここはどこかの森にある小屋のような場所らしい。

「おい、ルナ！　流石にこれはやりすぎだって！　小便どころか大きい方まで漏らすところだったぞ！」

凝《こ》り固まった体をほぐしながら暗闇に向かって叫ぶ。

しかし、ルナの声は返って来ない。

かわりに暗闇から現れたのは、黒装束に身を包んだ二人の人物。

その手には血で汚れた細い剣が握られている。フランツの仲間を襲ったのはルナではなく、目の前にいる二人だったのだ。

◆

時はアルスが誘拐される数時間前に遡《さかのぼ》る——

領主の愚行を何度も見聞きしていたフランツは、今夜とあることを決行するために領主の館の近くへと訪れていた。

闇に紛れるように身を隠しながら、屋敷への侵入の機会を窺うフランツ。その瞳は、覚悟の決まった男の輝きを放っていた。

「ふぅ……俺がやらなきゃならねぇんだ。この街を、いやこの国を救うために！」

自分に言い聞かせるようにつぶやくフランツ。

その言葉を彼の隣で聞いていた仲間のファトマが、うろたえた様子でフランツに話しかける。

「ほ、ほんとにやるのかよ、フランツ！　いくらなんでも、こんなことしたら俺達だってただじゃ済まねぇんだぞ！」

「うるせぇ静かにしろ！　俺はやるって決めたんだ！　あとにはもう引けねぇんだよ！　ビビって

んなら お前は帰ってな！　あとは俺一人でやってやる！」

ここまで来て覚悟が決まっていなかったファトマに対し、フランツは怒りの声を上げた。

だがそんなフランツの身体も微かに震えている。

今から行う非人道的な行為により、自分の身がどうなるか想像し、恐怖を覚えているのだろう。

そんなフランツの様子を見て、ファトマは両頬を力強く叩いた。

「ああークソ！　ここまで来たんだ！　最後まで付き合ってやるぜ馬鹿野郎！」

「へ、ありがとうよ、ユーリにファトマ。終わったら皆で一杯酒でも飲もうぜ！」

フランツはそう言って自分の隣に座っていた仲間達の肩に手を置いた。

自分の肩に置かれた手を見て、ユーリは半ばあきらめた様子でため息を零しながら両手で顔を覆う。

まさか自分の仲間がこんな馬鹿な真似をすることになるとは思ってもいなかったのだろう。

ただ彼女もフランツには劣るものの、アルスに対して不満を抱いていたのは確かだった。

「はぁぁぁ……仕方ないわね！　それで？　どうやって屋敷に侵入してあの領主を連れ去る訳？

領主の部屋も分からないんでしょ？」

「そういえばそうだな。俺の『探知《サーチ》』じゃ人の気配は分かっても、それが領主本人とまでは分からないぜ？　しらみつぶしにでもするつもりか？」

ユーリとファトマが隣に座るフランツに問いかける。

この計画を立案したのがフランツであったため、何か策があるのではないかと思い問いかけてみたのだ。

彼らの期待に応えるように、フランツは不敵な笑みを浮かべながらズボンのポケットへと右手を突っ込んだ。

「へへへ、そんなことする必要ねぇよ！　今回のために、あいつが用意してくれたとっておきの魔道具があるんだからなぁ！」

そう言いながらフランツはポケットから大きなひし形の宝石が埋め込まれた板を取り出し、二人に見せつけた。

月明かりに照らされ、その宝石が妖しく光りだす。

「こいつは『強制睡眠《ダナ・スリープ》』の魔法が付与された魔道具なんだってよ！　発動に時間はかかるが、発動されちまえば範囲内にいる人間を強制的に眠らせるらしい！」

「じゃあそいつを使って屋敷の人間達を全員眠らせるってことね？」

「ああ！　発動したら俺達は一旦ここから離れるぞ！　魔道具に巻き込まれちゃたまらねぇからな！」

フランツはそう言い終わると、板を地面に置いて宝石に魔力を流し始める。

それからすぐにフランツ達はその場を離れ、時が来るのを待った。

一時間後。元の場所へとやってきたフランツ達は、屋敷の状況を見て驚きを隠せずにいた。

屋敷の警備にあたっていた数人の衛兵が、その場に座り込んで眠りこけていたのだ。

「すげぇな！　マジで全員眠ってやがるぜ！　これならあのクソ領主を探すのも簡単そうだな！」

「静かにしなさいよ、フランツ！　アンタの声で目が覚めでもしたらどうするの！」

「おっと、そうだったな！」

ユーリにどやされ、慌てて口を覆うフランツ。

そのまま急いで魔道具の元へ駆けていき、そのまま停止させた。

「よっしゃ、これで大丈夫だ！　あとは頼んだぜ、ファトマ！」

「任せとけ！　『探知《サーチ》』！」

魔法を発動すると、ぼんやりとした白い煙のようなものがファトマの視界に映る。

ファトマはそれを頼りに屋敷の中に入っていき、残った二人もついていく。

しかし、全員が寝ていると思っているファトマは油断しきっていた。

そのせいで、あることに気付くのが遅れてしまった。

「……ん？　ちょっと待て！　なんか動いてる気配が――」

そう声をかけて二人を制止しようとするも、気配の正体はすぐに三人の前に現れた。

メイドの格好に不釣り合いな剣を両手に持った女――ルナが、廊下の真ん中で立ってこちらを見つめている。

「あなた達……こんな時間に……なんの用です？」

冷たい声で問いかけられたフランツ達は、その場で固まってしまった。

窓から差し込む月明かりで、ルナの顔が照らされる。

その顔を見て、フランツはその場でガタガタと震えだした。

以前協会で自分の顔を床にめり込ませた張本人が、今目の前で剣を握っている。このあと自分の身に何が起きるかなど、容易に想像することが出来た。

「お、俺達は領主に会いに来たんです！　普段は忙しいだろうし、こ、こんな時間じゃねぇと話してくれないと思って！　でも皆さん寝てるみたいですし、また今度にします！」

カタカタと震えるフランツを目にしたファトマが、咄嗟の判断でそう口にした。

協会での出来事を目の当たりにしているからこそ、彼女を前にしてこれ以上の行動はすべきでないと判断したのだ。

だがその優れた判断も無に帰《き》すこととなる。

無表情だったルナが、フランツの方へ視線を向けた瞬間、一瞬眉を動かしたのだ。

それから少し考えるように黙り込んだあと、ルナが静かに口を開いた。

「あなた……よく見たらあの男……そうですか。少々……お待ちください」

ルナはそう呟いたあと、両手に持っていた剣を腰の鞘へと戻し、背を向けてどこかへ行ってしまった。

その瞬間、先ほどまでの静寂が嘘のように騒ぎだすユーリとファトマ。

「お、おい！　今のうちに逃げるぞ、フランツ！　あのメイドが帰ってくる前に早くずらかろう！　あのメイドには魔道具が効いてないぞ！」

「そ、そうね！　今回は失敗ということで、また今度にしましょう！　あのメイド対策もした方がいいだろうし！」

二人は震えていたフランツの腕をつかみ、急いでその場を離れようと試みる。

だが筋肉で包まれた太い腕が二人の手を引きはがした。

落ち着きを取り戻したのかと、フランツの顔を見やるファトマ。

きっと「自分で歩けるから触るな！」とでも言ってくるのだろうと、そんなことを期待する。

だがファトマの目に映ったのは、唇を真っ青にして震えるフランツの顔だった。

「な、何言ってんだおめぇら！　あのメイドさんが俺達に『待っていてください』って言ったんだぞ！　待ってなきゃ何されるか分かんねぇだろうが！　そんなことも分からねぇなら、先に帰っちまえ！」

訳の分からない言葉を言い放つフランツ。

呆然と立ち尽くすファトマとユーリ。

フランツの顔は恐怖に歪んでおり、とてもまともな判断が出来ているようには思えなかった。

いつも勇ましく魔獣に向かっていったあのフランツが、たった一人のメイドにやられたことでここまで弱弱しい男になってしまうとは。

少しショックを受けていた二人の元に、コツコツと足音が近づいてくる。

逃げ遅れたことに気付いた二人は、再びルナの方へと視線を向けた。

何かあったら、フランツを置いてこの場を去ろう。

そう思っていたファトマの目に飛び込んできたのは、布団にくるまったアルスを抱えたルナの姿だった。

「お待たせいたしました……どうぞ……」

ルナはそう言ってアルスを差し出してきた。

意味が分からないながらも、差し出されたアルスを受け取るフランツ。

彼が領主を受け取ったのを確認すると、ルナは一度欠伸《あくび》をしたあと眠たげな眼をこすりながら話し始めた。

「アルス様も……あなたと仲良くしたいと……仰っていましたので」

「こ、こいつが、俺と仲良くだって!?」

メイドの言葉に驚きの声を上げるフランツ。

それを聞いていたファトマとユーリも同様に口を開けて領主の顔を見つめていた。

「朝には帰るよう……お伝えください……」

そう言って去っていくメイドの背中を見つめる三人。

彼女に言われた言葉に動揺しながらも、三人は目的を果たすために屋敷をあとにするのだった。

そんなやり取りがあったことなど知る由《よし》もないアルスは、ルナが助けにやってきたと思い小屋の外へと出たのだった――

◇

「貴様がアルス・ドステニアで間違いないか」

黒装束の片方が俺――アルスを指さしながら野太い声でそう口にした。

その言葉と相手の姿、そして今ここにルナがいないという状況を察知した俺は、一気に冷静になった。

奴らの正体は不明だ。

だがわざわざ名前を確認してくるということは、どうやら目的は俺らしい。

纏う雰囲気からして、二人がかなりの実力者であるのは間違いない。

俺が全力で戦っても、勝てるかどうか怪しいだろう。

であれば、俺がとる作戦は一つ。

「いえー、違います！　ここに捕まっていた王子は、向こうの方に逃げていきましたよ！」

「……」

表情一つ変えることなく、左方向を真っすぐに指さす。

すると、二人のうち一人が物凄い速度でその方角へと駆けていった。今この状況であれば、一対一に持ち込めるが、それでもなお戦う気にはなれない。

だって一人残ったってことは、残った一人でも俺を殺せる自信があるって言っているようなものだろ。

ならばここは逃げの一択に限る。

「それじゃあ私はこの辺で失礼させていただきますので……王子探し、頑張ってくださいね！」

そそくさと逃げようとしたその瞬間、顔の横を一本のナイフが通り過ぎていった。

後ろの小屋に突き刺さったナイフを見て、俺は思わず叫び声を上げる。

「ちょっとぉ！　なんてもん投げてくるんですか！　死んだらどうしてくれるんですか！」

「我々の姿を見た者は全員殺す。よって、お前にもここで死んでもらう」

黒装束の男はそう言って、両手にいくつものナイフを構えていく。

男の理不尽な発言に、俺は逃げるのを一旦止めて、男を諭すように話し始めた。

「はぁぁ!?　いやいやいや！　姿見ただけで殺すって、そりゃ流石にやりすぎですよ！　せめて顔を見られたら殺すとか、もう少しハードルあげないと！　なんのために黒装束で全身隠してるんですか！」

まくし立てるように喋り続けたあと、俺は男の身を隠している黒装束を指さした。

男はナイフを構えたまま、視線を自分の服に向ける。

それからゆっくりとナイフを降ろすと、顎に手を当てて「それもそうか」と一言だけ呟いた。

「納得してもらえました？　じゃあこれで私帰りますんで、お疲れさまでした！」

男が納得したのを確認した俺は、急いで再度右方角へと身体を向ける。

左方向に探しに行った奴が帰って来たら、一巻の終わりだ。

だが俺の判断は遅かったようだ。

俺が右足を踏み出した直後、もう一人が王子探しから帰還してしまった。

「向こうは崖で、道は続いていなかった。ソイツがアルス・ドステニアで間違いない」

中性的な声で淡々と告げられたその言葉に、一瞬場が静まり返る。

そのあとすぐに、再び男がナイフを構えたため、俺の逃げ道はなくなってしまった。

「お前を殺す理由が出来た。命が惜しければ、ゾルマが残した合成人魔獣の資料を渡せ。そうすれば命だけは保証してやる」

男の発言に、頭の中で疑問符が浮かびあがる。

ゾルマが残した合成人魔獣の資料だと？　そんなもの知らない。

というかそんなものがあるのであれば、俺が見つけたいくらいだ。見つけたらすぐに燃やして証拠隠滅を図ってやる。

だが、今の発言で、あの二人の身元が少しだけ分かってきた。

ゾルマは帝国と繋がっていた。

つまり黒装束の二人は、帝国の人間である可能性が高い。

資料を持っていないからと言って、敵対国である帝国の人間が王子である俺を見逃すはずことはないだろう。

要するに、俺が取れる選択肢は一つのみ。

「た、確かに俺は王子だ！　でも合成人魔獣の資料なんて、さっぱり分からないぞ！　なぁ、どこの誰か知らないが見逃してくれ！」

まずは全力でシラを切って命乞いをする。

当然こんな提案、上手くいくはずがないことは分かっている。この場を生き残るには、もう戦うしかない。

だが二対一では確実にやられる。

俺は奴らにバレないよう、一つずつ身体強化の魔法を発動していく。ホーンラビットを倒したあの時のように。

「どうやら話す気はないらしいな。仕方ない……手足を斬って連れて帰るとしよう」

俺が戦闘の準備をしている間に、男が不穏なことを口にする。

すると、男が剣を抜いて俺の方に向かってゆっくりと歩いてきた。

ただの王子と見くびっているのか、もう一人の男はその様子を後ろで見ている。

訓練では何度も経験してきた、一対一の戦闘。

しかし、今から行うのはレオン兄様とやっていた模擬訓練ではない。本物の命を懸けた殺し合いだ。

覚悟を決めた俺の元に、黒装束が歩み寄る。

俺が怯えきっている様子を見て、なんの抵抗もなしに斬れると思っているのだろう。

構えていた剣を大きく上に振り上げたその瞬間――

「おらぁぁぁ！」

「――かはっ」

騎士団の中でも武闘派と呼ばれるドステニア王国騎士団第三師団、その中でも最強の存在である、アイガス師団長を『模倣《トレース》』した渾身の一蹴り。

その蹴りによって、黒装束は十メートル近く後方へと吹き飛んで行った。

地面を転がり続け、木にぶつかりようやく止まる。

奴の体はピクリとも動く様子はない。

「な!?　おい、何をしている！　さっさと立たんか！　この出来損ないの役立たずめ！」

様子を見ていた男が駆け寄って声をかけるも、男は地面に横たわったまま動かない。

俺はその間に全身に向けて治癒魔法を発動していく。

『模倣《トレース》』によって発生した体の痛みが引けると、今度は煽るように男を挑発した。

「馬鹿な王子だと思って見くびりやがったな!!　さっさとかかってこい！　お前もそいつみたいに一撃でぶっ殺してやる！」

そう言いつつも、俺の体はかなりのダメージを負っていた。

治癒魔法で多少治したとはいえ、先程の『模倣《トレース》』は身の丈に合わないものだった。

その反動で、両足が思うように動いてくれない。

だがここで背を向けようものなら、男のナイフが背中を襲うだろう。

それならば全力で奴を挑発し、ブラフで乗り切るしか方法はない。

俺は黒装束が落とした剣を拾い上げ、じりじりと男の方に詰め寄っていく。

その様子を見た男は、倒れている奴を放置して林の奥へあとずさりし始めた。

「ちぃ、この役立たずが！　だがそいつはただの雑魚！　本物の恐怖というものを見せてやる！

行け、ブラックボアベアー一号!!」

男がそう叫ぶと、突如として奴の後ろにある木々がメキメキと音を立てて倒れ始める。

そしてその木を踏みつぶしながら現れたのは、黒い巨大な生物だった。

「グルォォォ！」

その生物は赤い瞳で俺を睨みながら大きな雄たけびを上げた。

「な、なんだこいつは！」

男がブラックボアベアー一号と呼んだそれは、上半身が黒い熊で下半身がビッグボアの身体となっていた。

ケンタウロスの熊と猪バージョンとでも言えば伝わるだろうか。

目の前に現れた生物の異様さに、思わず声を上げてしまった俺を見て、男はニヤリと笑みを浮か

べてみせる

「こいつはゾルマが我々に提供した、合成人魔獣の第一号だ！　ブラックベアーの身体能力に加え、ビックボアの推進力を手に入れた最強の合成人魔獣！　簡単な指令しか聞かぬが、お前を戦闘不能にするにはコイツで十分！　さぁいけぇぇ！」

「グルボォォォ‼」

男の命令に返事をするかのように、声を上げるブラックボアベアー一号。

どこに人間の要素があるかも分からないそいつは、俺に向かって一直線に突っ込んできた。

「食らいやがれぇ！　『乱炎矢《フレイムアロー》』‼」

痛みをこらえながら、手のひらを前にかざして魔法を発動する。

即座に十本の炎の矢が形成され、ブラックボアベアー一号目がけて飛んでいく。

奴の黒い体に命中し、爆炎が立ち上がる。

やったか？

そう思った次の瞬間、煙の中からブラックボアベアー一号が現れ、そのままの勢いで突き進んできた。

「くっそぉぉ！」

なんとか力を振り絞り、横へ回避しようと試みる。

だがしかし、足が思うように動かなかったせいで、振り下ろされたブラックボアベアー一号の爪が、俺の背中をかすめていった。

「ぐぁぁぁぁ！」

激しい痛みが背中を襲う。それと同時に、体が熱を帯び始めた。

俺はすぐさま治癒魔法を全開に発動させ、体の傷を癒していく。

だが俺が習得している『中回復《ミドルヒール》』では、傷の癒える速度が遅すぎる。

「ブルォオ……」

俺に傷を与えたあと、そのまま猪突猛進《ちょとつもうしん》して、先ほど俺がいた小屋に突っ込んだブラックボアベアー一号。

そのまま小屋を破壊すると、再び向きを変えて俺を目標へと定めた。

こちらを向いたその巨体を見て、俺は愕然《がくぜん》とした。

俺が放った『乱炎矢《フレイムアロー》』はほとんど聞いていないようで、奴の毛皮が少し焦げている程度だったのだ。

「フハハハ！　どうだ我が国の力は！　死にたくなければさっさと資料の在りかをはけぇ！」

「だから言ってるだろうが！　俺はそんな資料なんて知らねぇんだよ！」

「ふん、強情な奴め……痛めつけてやれ！　ブラックボアベアー一号！」

男は俺が嘘を吐いていると思ったのだろうか、少し苛立ちめいた声でブラックボアベアー一号に命令する。

その声を聞いたブラックボアベアー一号が再び俺めがけて突っ込んできた。

「グルォオ！」

「ぬぉぉぉ！　こんじょぉぉぉう！」

いまだ回復が間に合わない足を根性で動かし、力いっぱい横っ飛びする。

その甲斐あってか、今度は俺の背中ギリギリを奴の爪が通り過ぎていった。

「ハハハハ！　逃げ回れるなら逃げ回ってみるがいい！　そう長く続くとは思わんがなぁ！」

泥で汚れた俺の顔を見て、馬鹿にするように笑う黒装束の男。

だが男の発言は、的を射ていた。

これ以上、回避を続けていてもいつかは俺の体力に限界が来てしまう。そうなる前になんとかせねば。

(もっと強い魔法で攻撃してみるか？　いや、撃ってみて効きませんでしたじゃ意味がない。確実に奴を倒す方法はないか？)

なんとか思考を巡らせようとするも、背中から流れ出ていく血が俺の思考力を低下させていく。

その間にも、また向きを翻してこちらに照準を定めだすブラックボアベアー一号。

「ブルォオ‼」

「クソッ……」

万事休す。そう思い俺は視線を落とした。

もう終わりだ。そう覚悟して目をつぶろうとした瞬間――

「……ん？」

あるものが俺の目に飛び込んで来たのだ。

ブラックボアベアー一号が俺めがけて突進してきた足跡が、まるで線路の上を走ったかのように真っすぐ一直線に並んでいる。

それを目にした俺はある策を閃《ひらめ》いた。

すぐにその策の成功率を確認するために、あたりを見回し始める。

だがしかし、奴らがそれを黙って見過ごすはずもなかった。

「さぁやってしまえ、ブラックボアベアー一号！　お前の力をみせてやるんだ‼」

「グルォオオオオ‼」

男の命令と同時に雄たけびを上げるブラックボアベアー一号。

「クソがぁぁ！」

確証を得るには時間が足りな過ぎる。

だが、もうこの魔法にかけるしかなかった。

「ぬぉぉぉイチかバチかだぁぁ！　ぶっ飛びやがれぇ！　『土壁《アースウォール》』！」

魔法発動と同時に、俺とブラックボアベアー一号の間の地面が盛り上がり始める。

その結果、奴の前には大きな土の坂が出来上がった。

そして俺の予想通り、ブラックボアベアー一号はその坂を避けることなく、一直線に駆け上がり始めた。

そのまま速度を上げていき、地面を蹴り上げて進み続ける。

そして俺を飛び越え、坂から落下した。

ドォーンというもの凄い音と共に、土煙が立ち上がる。

そして魔法の効果が切れ、地面が元に戻った。

俺は煙を視界にとらえながらも、両足に向けて『中回復《ミドルヒール》』の魔法を発動させ始めた。

「お、おい何をしている!?　貴様ぁ、一体何をしたんだぁ！」

動揺する男に俺は無言で睨みつけ返しながらも、内心笑っていた。

俺はあの時地面を見て、あることに気が付いたのだ。

ブラックベアーの剛腕と鋭い爪から繰り出される爪撃。

そしてビックボアの重量のある体から繰り出される突進攻撃。

どちらも兼ね備えたブラックボアベアー一号の攻撃を喰らえば、かなりのダメージを喰らってしまうだろう。

しかもお互いの表皮の頑丈さが相まって、普通の攻撃ではダメージを負わないときたものだ。これはかなり手強い魔獣だろう。

そう思ってしまうのも無理はない。

しかし、よく観察してみれば、誰にでも気付けることがあった。

コイツ、身体が重すぎじゃね？　と。

ただでさえ、ビックボアは自分の身体が重すぎるせいで、方向転換が苦手な魔獣。

それなのに、なぜかもっと重いブラックベアーを上へと載せている。

そのせいで、急な方向転換が不可能な魔獣になっていたのだ。

「何が最強の合成人魔獣だよ！　方向転換もろくに出来ないなんて、ポンコツ熊猪じゃねぇか！」

「き、貴様ぁ言わせておけばぁ！　おい、さっさと立ち上がれ！　この獲物を八つ裂きにしろ！」

「ブルゥグォオ!!」

男の声にこたえるように、土煙の中からブラックボアベアー一号の声が上がる。

俺が馬鹿にしたのも理解出来たのか、その声には怒りがこもっているようにも感じた。

土煙が晴れると、ブラックボアベアー一号が突進の構えを取って俺を睨みつけていた。

その姿を見て、男は満足気に鼻を鳴らす。

「フン！　先ほどのようにいくと思うなよ！　貴様が魔法を発動する前に、私がそれを邪魔してやる！」

男はそう言って右手にナイフを持って構えを取った。今度こそ逃げ場はないと思っているのだろう。

勝利を確信したかのような笑みを浮かべている。

しかし、十分時間は稼げた。

俺は治療が完了した足から手を離し、今度は手のひらを空に向ける。

そして次に発動される魔法から目を守るために、目を閉じた。

「『閃光弾《フラッシュ》』！」

魔法を放ったその直後、眩い光があたり一帯を覆った。

あまりの眩しさに、黒装束の男は悲鳴を上げてのたうち回る。

ブラックボアベアー一号も同様に、その場でじたばたと動いていた。

俺はその隙に急いで少し離れたところにいたフランツの元へと駆けていく。

そして彼の持っていた「剣」を手に取ると、奴を斬るための準備を開始した。

「『身体能力上昇《フィジカルアップ》』『攻撃上昇《アタックアップ》』『斬撃付与《スラッシュエンチャント》』……」

以前ホーンラビットを狩った時に使ったような、強化魔法をすべて使い準備を完了させる。

だがここまでしてまだ、俺は不安をぬぐえずにいた。

奴を倒すために放つ攻撃。

それは俺にとって最高で最大の切り札だ。

威力に不安がある訳ではない。ただ、その攻撃に俺自身が耐えうることが出来るのか、それが不安だったのだ。

「ハハハ！　何をしたかと思えば、剣だと!?　その剣で一体何が出来るというのだ！　ブラックボアベアー一号の強靭さを舐めるなよぉ！」

目の痛みから解放された男が、剣を持っている俺を見て小馬鹿にし始める。

ブラックボアベアー一号も視力が戻ったのか、再び俺を睨みつけると、瞳に怒りの炎を灯らせて吠えた。

「ブルォオォン！」

強靭さを舐める？　舐めてなんていないさ。俺のとっておきの魔法を食らっても、ほとんど無傷で立ち上がってくるんだからな。むしろ畏怖の念すら覚えているよ。

だからこそ、俺もとっておきを使うんだ。

「見せてやるよ。これが俺の切り札だ……持ってくれよ、俺の身体ぁ!!」

「やってしまえぇ！　ブラックボアベアー一号!!」

「ブラァァァァ!!」

三人が同時に叫ぶ。ブラックボアベアー一号が俺めがけて突進し始め、その速度が最高速へと到達した。

その瞬間、俺は息を深く吸い込み、覚悟を決めた。

『模倣《トレース》』――ルナ・セリオン!!」

発動した瞬間、彼女の技が俺に宿る。

俺の右手が剣を握り、彼女の技が獣の体を斬り裂いた。まるでバターを斬ったかのように、なんの抵抗もなく通り過ぎていくブラックボアベアー一号の肉体。

その異形の身体は、俺の後方で無数の欠片となってボトボトと地面に零れ落ちていった。

「なん……だと……」

地面に散らばった肉片を見て、声にならない言葉を上げる黒装束の男。

俺はルナの『模倣《トレース》』を解除することなく、男を睨みつける。

ルナが標的を威圧する時の顔つきも、模倣してしまっていたようで、男は小さな悲鳴を上げながらあとずさりしていた。

「……まだやるか？」

冷たい声で呟くと、男は悔しそうに歯ぎしりし始める。

一瞬、手に持っていたナイフで俺を攻撃しようかためらっていたが、すぐにその手を下ろした。

ナイフを服の中にしまい、静かに駆け出し、すぐに近くの森の中へ消えていく。

「噂は本当だったようだな……だが我々がこれで手を引くと思うなよ？　首を洗って待っているがいい」

暗闇の中から聞こえた言葉に、俺は不安を抱きながらも、俺は静かに男が消えていった方を見つめていた。

男の姿が見えなくなったのを確認した俺は、念のため周囲を警戒しながら、『探知《サーチ》』の魔法を発動する。

男の気配が完全になくなったことを確認し、そこでようやく『模倣《トレース》』の魔法を解除した。

その直後、身体中に激痛が駆け巡る。

あまりの痛みに、俺はその場で膝をついた。

「ツツ……やっぱり、ルナの『模倣《トレース》』は身体にくるな。あれだけ補助魔法かけたってのに、まともに歩けねぇ」

苦痛で顔を歪ませながらも、落ち着くために呼吸を整える。

それから、なんとか動かせる右手を使ってゆっくりと『中回復《ミドルヒール》』の魔法を使い、徐々に体の痛みを和らげていった。

◇

そうしてある程度傷も癒え、冷静さを取り戻した頃、俺の脳裏に男の言葉がよぎる。

「噂か……悪徳領主としての噂が広まったのか？　まぁいずれにせよ、合成人魔獣が出てきたんだ。ソフィアに忠告しておいた方が良さそうだ。孤児院の子供達のこともあるし、オルトを使って冒険者達に護衛をさせておくか」

誘拐されたと思ったら、国家間の情勢を揺るがすような一件に巻き込まれるハメになるとはとんだ災難だ。

というか冷静に考えてみると、俺が捕まったと同時に、帝国の奴らが襲ってくるなんて、出来過ぎている。

つまり、フランツ達も帝国側ということ……いや、それはないか。彼らも黒装束に襲われていたし、フランツがスパイならわざわざ目立って俺に絡んでくる必要もない。

……もしかすれば、帝国の連中がフランツ達をそそのかして、実行役として俺を誘拐させたのかもしれない。

黒装束がフランツ達を襲ったのも、用済みになったフランツ達を消すためと考えれば説明がつくだろう。

そうなると、地面に転がっている黒装束の奴だけでなく、フランツ達をそのままにして置く訳にもいかなくなってしまった。

「しょうがねぇな。フランツ達は治療するとして、アイツは……ひとまずソフィアのところへ連れていくとするか」

文句を言いながらも、フランツ達のいた場所へと歩いていく。

フランツ達は重傷を負っていたものの、まだ息はしているようだ。

このボロボロになった剣もこっそり返しておくことにしよう。

それから仕方なくフランツ達を治癒魔法で治療したあと、『重量操作《グラビティ》』の魔法で体を軽くしていく。

そのまま全員を紐で縛りあげ、なんとか街まで連れて帰るのだった。

◇

それからかなりの時間歩いて、俺はようやくハルスの街へと戻ってきた。

街の入り口には衛兵達が待機しているため、そのまま素通りすることは出来ない。

別に悪いことをした訳でないし、むしろ俺が被害者なのだが、正直説明するのも面倒なため、仕方なく風魔法を使って、上空から街の中へ侵入する。

「『飛翔《フライ》』」

道端に設置された時計を確認すると、時刻は夜中の三時を過ぎていた。

子供達は寝ているだろうし、ソフィアと密会するならちょうどいい時間だ。

そう思い、俺は全員を引き連れてこのまま孤児院へと向かった。

孤児院の前についた俺は、念のために『探知《サーチ》』で子供達が動いていないことを確認する。

ついでに、ソフィアが例の研究部屋にいることが分かった。

フランツ達は柱に縛り付けておいて、黒装束の男だけをソフィアの元へと連れていく。

長い階段を降りた先にある厳重な扉をノックし、彼女の名を呼んだ。

「ソフィア殿、俺だ……少し話したいことがあるんだが、いいか？」

すると扉の奥からパタパタと物音が聞こえてきて、すぐに扉が開かれた。

その先でニコリと微笑むソフィア。彼女は俺の顔を見た後、すぐに俺が掴んでいた男に気が付いた。

「アルス殿下じゃないですか！　あれ、その人はどちら様ですか？」

「ああ。実はさっきどこぞの国の暗殺者に襲われてな。こいつはその一人だ」

一国の王子である俺が襲われたというのに、全く動揺する様子を見せないソフィア。

我関せずといった彼女の態度にため息を零しながらも、俺がなぜ襲われたのか彼女に話していく。

「コイツらを送ってきたのはおそらく帝国の人間だ。俺がゾルマの後釜《あとがま》に座ったことで、合成人魔獣について何か情報を持っていると勘違いしたらしい。合成人魔獣の資料を渡せと言って来たしな」

「なるほどなるほど！　それは大変でしたねぇ！　……あぁ、この人、腹部がかなり損傷してる。でもそれ以外は問題なさそうですねぇ」

遠回しにソフィアが原因で襲われたと告げているというのに、彼女の意識は気絶した黒装束の男に向けられたまま。

彼女の言葉からこの男を実験体として利用しようとしている事に気が付いた俺は、一旦そいつをソフィアから引きはがして、彼女の意識をこちらに向けさせる。

「分かっているのか？　俺が狙われたということは、あなたが狙われるのも時間の問題だということなんだぞ！　奴らが狙っているのは合成人魔獣の研究資料なんだからな！」

「……ええぇ？　そうだったんですかぁ!?」

ようやくことの重大さを理解したのか、アワアワと焦り始めるソフィア。

自分の身に危険が及ぶとなれば、そうなるのも当然だろう。

「そうだ。しかも奴ら、ゾルマから提供された合成人魔獣を従えていたぞ。確か、ブラックボアベアー一号とかいう名前の奴だったか……」

「えええぇぇ!? 本当ですかそれ! ゾルマ様が帝国に流していたなんて! ていうか、合成人魔獣は今どこにいるんですか!? 回収したいです!」

ソフィアはそういうと、バタバタと慌て始めた。

この反応を見るに、彼女は自身の合成人魔獣が帝国に渡っていたとは知らなかったようだ。

ゾルマが彼女の目を盗んで帝国まで持ち出したということだろう。

まぁそれは置いておいて、俺は彼女に謝らなければならない。

「すまないソフィア殿。悪いが、その子はもう生きていない。俺が戦いの最中に細切れにしてしまったからな」

「えぇぇ!? そんなぁ……」

俺の言葉を聞いてその場にうずくまるソフィア。

彼女は今にも泣きだしそうな顔で天を仰いでいた。余程自分の創りあげた合成人魔獣を失ったことがショックだったのだろう。

だが意外とすぐに気持ちを切り替えたのか、彼女は少し残念そうな表情を浮かべたあと、立ち上がってみせた。

「まぁでもしょうがないですね……アルス殿下の命には代えられないですから！」

俺の身を案じているような発言を、笑顔で口にするソフィア。

俺はそんな彼女に対し、乾いた笑みを浮かべることしか出来なかった。なぜなら、俺はこの聖母の正体を知っているから。

この聖母は安全に研究出来る場所を提供してくれる俺にいなくなって欲しくないだけなのだ。実験の内容を縛られたとはいえ、『王子』が安全を保障してくれることなんてそうそうあり得ないのだから。

それに気付いた俺は呆れたようにため息を零す。

その傍らで、ソフィアは何かを思いだしたような表情を浮かべて見せた。

「戦ったといえば！　私の作ったブラックボアベアー一号ちゃんはどうでしたか!?　あの子、かなり強かったでしょう!?　私の力作なんですから！」

ソフィアは誇らしげな表情で俺に問いかけてきた。

自分の子供の成長が気になるのと同じような感覚なのだろうか、彼女は合成人魔獣の評価が気になるみたいだ。

そんなソフィアに対し、俺は戦闘時のことを思い浮かべながら話し始めた。

「確かにデカいし攻撃はとんでもない威力だったな。肉体も頑丈で低レベルの魔法じゃ傷も与えられなかったよ」

「そうでしょうそうでしょう！　ブラックベアーの皮膚は魔法耐性がありますからね！　遠距離からの攻撃に強くするために、耐久力を上げたんですよ！　接近戦に持ち込めばこちらのものですからね！」

俺の話を聞いてご満悦な表情を浮かべるソフィア。

饒舌《じょうぜつ》に語り始める彼女を見て、俺は少しだけ違和感を覚えた。

それは、なぜ彼女がブラックボアベアー一号を作るに至ったのかということ。

合成人魔獣を作りたいという彼女の意志があったとして、ここまで戦闘に特化した生物を作る理由が分からない。

ただの研究が目的であるなら、もう少し小型の生物を作るはずだ。

どうしてもその違和感が拭えず、俺は意を決してソフィアに問いかけた。

「そういえば、ソフィア殿はなぜブラックボアベアー一号を作ったんだ？　過去に作ったものについてとやかく言うつもりはないが、あれはあまりにも戦闘向き過ぎる気がするのだが」

俺はそう口にしたあと、彼女の顔を食い入るように見つめた。

この問いかけに対し、何か一瞬でもおかしな挙動をすれば、俺は彼女の発言を即座に嘘とみなすつもりだ。

もしかすれば先の推測も俺の勘違いで、実際はゾルマと彼女が手を組んで帝国側にブラックボアベアー一号を提供したのかもしれない。

彼女が帝国側の人間と繋がりがあれば、流石にもう彼女を放置しておく訳にはいかなくなってしまう。

そんな俺の不安をよそに、ソフィアは間髪容れずに俺の問いかけに答えて見せた。

「あの子はゾルマ様の指示で作った子なんですよぉ！　正直私はもっと独創的な奴にしたかったんですけどね？　でも、素材を提供される側に断る権利はないですから！　作って渡しておしまいという感じです」

そう言ってソフィアは笑っていた。

彼女の笑顔を見た限り、嘘をついているようには見えない。

外面を取り繕うのが上手い彼女のことだから、嘘をついている可能性も否定出来なくはないが、ひとまずは信じてもいいだろう。

まぁいずれにしても、このまま帝国を放置する訳にはいかなくなってしまった。

ゾルマが作製を指示した戦闘特化の合成人魔獣が、帝国側に提供されていた。

逆を言えば、帝国側が求めているのは戦闘用の合成人魔獣ということになる。

「……話を戻そう。今回俺が襲撃されたのは、あなたが持っているであろう合成人魔獣の資料が理由だ。帝国はその資料を手に入れ、戦闘用の合成人魔獣を大量生産するつもりなのかもしれない」

「そ、そうでした！　私の大切な資料を盗もうだなんて、許しませんよ！　でも……どうしましょう!?　ここを襲われたら、私に勝ち目なんてありません！」

そう言うとソフィアは再びアワアワし始めた。

彼女の言う通り、孤児院を襲われればこちら側は手も足も出ないだろう。

子供を人質に取られでもしたら、子供好きのソフィアが何も出来なくなるのは目に見えている。

「冒険者協会に護衛依頼を頼めばどうだ？　彼らならきっと守ってくれるだろう」

「そんなのダメですよ！　信頼出来ませんし、冒険者が負けちゃったらどうするんですか！」

俺の提案に対し、ソフィアは首を激しく横に振って拒否する。

冒険者が負けると決めつけるのはどうかと思うが、実際にフランツ達が敗北したのを知っている俺は彼女の言葉を否定出来なかった。

「どうしましょう……このままじゃ私の合成人魔獣ちゃん達が帝国の手に……」

ソフィアはなんとか落ち着きを取り戻そうと、研究室の中をぐるぐると歩き出す。だが中々動揺は収まらず、彼女の顔は青く染まり始めていた。

上手く行けば彼女に研究を止めてもらえるかもしれない。そんな淡い希望を抱いた時、彼女の顔がパアッと晴れた。

「そうだ！　だったら殿下がなんとかして助けてくれませんか!?」

「はぁぁ？　なぜ俺が助けなきゃいけないんだ！　元はと言えば、あなたがこんな研究をしてるせいで、こんな目に遭ったんだぞ！」

突拍子もない彼女の提案に、思わず俺も怒りの声を上げてしまう。

しかしそんな俺の怒りを軽くあしらいながら、ソフィアは何か企んでいるような笑みを浮かべて見せる。

「それはそうですけど、今更研究をやめたところで、帝国は研究資料だけでも回収しようとしてくるでしょう？　私はそれを絶対に渡したくないですし、そもそも研究をやめるつもりはありませんし！　そうなると、孤児院の子供達が危険じゃないですか！　……領民を助けるのが、領主の務めでしょう!?」

ソフィアはそう言うと、俺の胸をツンツンと指先でつついてきた。

彼女の話は暴論で、自己中心的すぎる。研究をやめて資料をすべて破棄すれば丸く収まるというのに、それをする気はないという。

しかしそんな我儘も俺は呑み込むしかなかった。

彼女の研究を中断させたいのは山々だが、以前にも言った通り平和的な解決方法を取らねば、彼女に帝国に行かれてしまうかもしれない。

それならば帝国を敵に回した方が遥かにマシだ。

それに子供達の安全を考えれば、俺が作戦を練った方が良いのかもしれない。

このサイコパス司教に全部任せていたら、何が起きるか分かったもんじゃないからな。

「はぁ……仕方ない。今回は子供達のために俺がなんとかしよう」

「ありがとうございます！　流石アルス殿下、頼りになりますねぇ！」

俺が承諾の返事をするとソフィアは嬉しそうに小躍りしたあと、俺に抱きついてきた。服に隠された豊満な胸が、俺の顔面に押し寄せてくる。

もし俺の背がもう少し高かったら、この幸福を味わうことが出来なかっただろう。

「それで、どうやって帝国に手を引かせるつもりなんです？　相手も、資料が手に入るまでは諦めるつもりはないでしょう。しかし、私は資料を渡したくありません！　さぁどうしましょう、殿下！」

俺の気持ちなど知らないソフィアは俺を離し、ノリノリな様子で問いかけてくる。

「んー……渡したくないのは本物の資料だろ？　絶妙に改ざんして、どうやっても合成人魔獣の研究が成功しないような資料だったら、渡してもいいんじゃないか？」

「それなら別にいいですけど……でもそれじゃあすぐにバレません？」

ソフィアは不安そうな表情を浮かべてみせる。

確かに彼女の言う通り、ただ改ざんした資料を渡しただけでは意味がない。

重要なのは二点。

まず第一に重要なのは、偽の資料の完成度だ。

一見では上手く行きそうと思わせ、時間をかけて実験させ、最期の最期にすべて失敗するように仕向ける必要がある。

そしてもう一つ大切なのは奴らに渡るまでのストーリーだ。

信頼出来る人間が「研究室の奥から持って来た」と言ったら、帝国の連中も資料が偽物だとは思わないだろう。

俺は足元で白目をむいて倒れている黒装束を見つめながら思考を巡らせる。

要はこいつに偽の資料を持ち帰らせたいのだが、起きたら研究所にいて資料がありました。では流石に信用しないだろう。

「こいつの記憶をイジれたらなぁ……」

俺が何気なくそう呟くと、ソフィアがそれにニヤリと笑いながら反応を示した。

「それは記憶の改ざんということですか？」

「あ、ああ。この男が俺達から研究資料を奪ったように記憶を改ざんすれば、資料の信憑性も増すと思ったんだが……」

自分で言っておいてなんだが、記憶を改ざんするなんてそんな便利な方法がある訳がない。

「仕方ない。上手いことやって偽の資料を盗ませるしかないか――」

そう口にした瞬間、俺の隣で笑っていたソフィアが男の頭にナイフを突き刺したのだった。

「『心身の再構築《ハートリメイク》』！」

彼女が何か言葉を発した途端、ナイフがどす黒い光を放つ。その光が収まると、ソフィアはゆっくりとナイフを引き抜いた。

「……え、え？　な、なにしてんの？」

ソフィアの突然の行動に、俺は身体を震わせながら彼女に問いかけた。

「魔法を使ったんですよぉ！　記憶を改ざん出来るように！」

「いやいやいや！　思いきり頭にナイフ突き刺してただろ！　記憶の改ざんとか以前に、死んじゃうじゃないか!!」

俺は男を指差しながら叫ぶ。これでは資料を持ち帰らせることも出来ないではないか。

動揺する俺をよそに、ソフィアは微笑みながら男の額を指差してみせる。

「大丈夫ですよぉ！　ほら、見てください！」

「はぁ!?　大丈夫な訳――」

そう声を上げながらソフィアの指の先に目を向ける。

すると男の額にあった刺し傷が、スゥーっと消えていった。

初めて見る魔法に度肝《どぎも》を抜かれながら、俺はソフィアに問いかけた。

「す、凄い……今ので終わったのか？」

「いいえー、これは準備って感じですかねぇ！　適当に記憶を改ざんするには一回でいいんですけど、それだと本人に強く疑われたら効果が消えちゃうんです！　だからこれから何度も何度も魔法を使って、改ざんした記憶を深層に根付かせていくんですよぉ！」

そう言って光悦とした表情でナイフを触るソフィア。

こんなもの、聖職者が使う魔法ではないことだけは確かだ。

しかし彼女にどこでこれを学んだかを聞く気にはならない。なぜなら彼女に常識は通用しないのだから。

とにかく、記憶が改ざん出来るなら好都合だ。

「よし。それじゃあこいつの記憶の内容は、『捕らえられていたが、隙を見て脱出。そのあと、研究室へ行き、そこにいた俺に重症を負わせて資料を奪った』というものにしてくれ」

「分かりましたぁ！　あ、この魔法が使えることは秘密にしといてくださいねぇ？　バレたら私怒られちゃいますから！」

そう言って舌をペロッと出すソフィア。怒られるだけで済む訳ないのだが、本人は自覚していないらしい。

どちらにせよ、俺が彼女の秘密をバラすことはしない。

「分かっているさ。ではこいつは任せることにしよう。それと、偽の資料についても頼んだぞ」

「はいはーい！　それじゃあ一週間後に迎えに来てくださいねぇ！」

嬉しそうに返事をするソフィアに別れを告げ、俺は研究室をあとにする。

そのまま階段を上がっていくと、上の方からコソコソと話声が聞こえて来た。

どうやらフランツ達が目を覚ましたらしい。

俺は物音を立てぬようゆっくりと忍び寄り、彼らの会話に耳を傾けた。

「早くしろよ！　今の内に逃げねぇと、今度は本当に殺されちまうぞ！」

「分かってるって！　ただこの縄が固すぎて……クッソ、切れねぇ!!」

「何やってんのよ、ファトマ！　アンタ斥候《せっこう》でしょ！　こういう時こそちゃんと仕事しなさいよ！」

「うるせぇ！　さっきから真面目にやってるって！」

何か情報が聞き出せるかもと思ったが、どうやら逃げ出す算段をしているだけらしい。

これ以上泳がせていても意味はないと思い、俺は彼らの前に姿を見せた。

「やぁ冒険者諸君……ご気分はどうだい？　ぐっすり眠れたみたいだな」

嫌味を返すかのように、あの小屋でフランツに言われた言葉をそっくりそのまま返してやる。

俺の姿を見た三人は、自分達が置かれている状況を理解したのか悔しそうに唇を噛み締めた。

「クソ野郎！　陰湿《いんしつ》な真似しやがって！　元から俺達を殺すつもりだったんだな！　やるならさっさと殺しやがれ！」

この状況下でもフランツは俺に歯向かうことを止めない。

冒険者としてのプライドが、俺のような存在を許したくないのだろう。

両隣の二人もそれを分かっているのか、フランツに口出しはしなかった。

まぁフランツが何を言おうと、俺は彼を殺すつもりはない。

情報を聞き出したいという理由もあるが、彼のような正義感の溢れた人間は、俺がいなくなったあとの街に必要な存在だ。

「まぁそう喚くな。君達にはいくつか聞きたいことがあってな。俺の質問に答えてさえくれれば、このまま解放するし、誘拐の件も不問にしてやって良い」

「あぁぁ!?　ふざけんじゃねぇ！　誰がお前の言うことなんて――」

俺の提案に対し、まだ歯向かおうとするフランツを二人が制止した。

「なんでも話します！　だから殺さないでください！　お願いします！」

「おい、お前達！　何言ってん――」

「フランツは黙ってなさい！　アルス殿下！　なんでもお話しいたしますので、なんなりとお聞きください！」

あれだけ強情だったフランツが彼女の言葉を聞いてしょんぼりと肩をすぼめてしまった。

その様子を見て思わず笑いそうになるも、俺は真剣な眼差しで二人に問いかけた。

「では初めに、俺を誘拐しようと提案したのは誰だ？」

「えっと……それはフランツです。昨日の夕方にフランツが話があるって言い始めて」

彼女はそう言いながらフランツの方へと顔を向ける。

見つめられたフランツは鼻を鳴らしながら顔をそむけた。

彼女の発言通りであるなら、フランツが俺誘拐の首謀者《しゅぼうしゃ》ということになる。

ということは、帝国の連中と関わったのもこいつだろう。

「フランツ、誘拐を提案したのは君らしいが、あの小屋を監禁先に選んだのも君か？」

「……」

「ちょっとフランツ！　黙ってないでなんとか言いなさいよ！」

俺の質問に無言を貫くフランツ。

痺れを切らした女性が、フランツに頭突きを食らわせると、フランツは渋々と言った様子で口を開いた。

「チッ……俺じゃねぇよ。いい場所があるって、冒険者仲間の男に教えてもらったんだ」

「冒険者仲間？　そいつの名前はなんだ？　いつから知り合いなんだ？」

「名前は確か、ミゲルって言ったな。一ヵ月前くらいに街に来た奴だ」

フランツは話し終わると、「すまねぇミゲル」と言って項垂れた。

助かるために仲間を売ってしまった自分を許せないのだろう。

そんな彼に、俺は真実を教えてやった。

「恥じる必要はない。そいつはおそらく帝国のスパイだ。お前達を襲ったのも、多分その冒険者の一味だろう」

「はぁ!?　何言ってやがる！　ミゲルはいい奴だ！　酒もおごってくれるし、俺の話もよく聞いてくれる最高の仲間だ！」

「別に信じなくても良い。日が経てば何が真実かよく分かるだろう。どうせミゲルとやらは見つからないだろうがな」

俺はそう言うと三人の縄をほどいてやった。

あっけなく解放されたことで戸惑いを見せる二人に対し、フランツは俺を睨みつけながら立ち上がる。

「俺は仲間を信じてる……次会ったら今度こそ分からせてやるからな！　覚悟しときやがれ！」

最後まで俺を睨み続けるフランツは、仲間達に引っ張られながら孤児院を出ていった。

彼らの姿がなくなったのを確認し、俺はようやく安堵の息を吐く。

忙しなく過ぎた一日だったが、これでようやく屋敷に帰ることが出来る。

「はぁ……結局、ルナの奴助けに来なかったなぁ」

そう口にした俺の頬を、一粒の涙が零れ落ちていく。

屋敷に戻り彼女の部屋を確認しに行くと、ベッドの上で熟睡するルナの姿があったのは言うまでもない。

◆

アルス・ドステニア誘拐事件から一週間後。

ハルスの街から少し離れた森の中で、黒装束の男が仲間の元へと向かって走っていた。

その手には『極秘』と書かれた資料が握られている。

「はぁ、はぁ……追手が来る前に早く合流せねば」

あの日、王子襲撃に失敗した男は、屋敷の地下に投獄されていた。

その間、飲まず食わずで尋問を受けさせられた男だったが、なんとか隙を見て逃げ出し、目的の資料を回収することに成功したのだ。

「待てぇ！　奴を逃がすなぁ!!」

背後から怒号のような叫び声が迫ってくる。

一刻も早くこの資料を同胞に渡さなければ。男は不安と焦りを抱えながら、必死に足を動かす。

しかしなぜか男には、『この資料は間違いなく渡せる』という確信があった。

その確信が、自身の暗殺者としての実力からくるものなのか、それとも別の何かなのか男には分からない。

分かる必要もないと思っていた。

追い迫る兵士達の手からなんとか逃げおおせた男は、同胞との合流場所に到着する。

「おい、ドグマ！　俺だ！　例のものを回収してきたぞ！」

男が闇の中叫ぶと、アルスから逃げ延びた男――ドグマが暗闇の中から現れた。

ドグマは彼がまだ生きていたことに驚き目を見開いた。

「お前、生きていたのか！　それに……例のものを回収したというのは本当か!?」

「ああ、なんとかな。奴ら、俺を殺さずに情報を引き出そうとしたのさ。暗部の俺が口を割るはずもないのに……まぁそのおかげで逃げ出せたし、コイツも手に入れることが出来たんだが」

見せびらかすように男はパラパラと紙をめくっていく。

「そうか。ではそれをもって本国に帰還するとしよう。だがその前に、まずはそれが本物の資料かどうか確認する必要がある。見せてみろ」

ドグマはそう言って資料を譲り受けようと手を差し伸べる。

しかし、資料を奪ってきた男はそれを渡すことなく、自分の服の中に隠してしまった。それを見てドグマは激怒する。

「なんのつもりだ！　その資料が本国にとってどれだけ貴重なものなのか、お前は分かっているのか！」

「分かってるさ。だがその前に、どうしてもやらなきゃいけないことがあってな」

「やらなきゃいけないこと？　なんだそれは。まぁいい、それなら早くそれを片付けて――」

ドグマが話し終える前に、男の右手が腹部を貫通した。

何が起きたのか理解出来ないドグマに対し、男はニヤリと笑みを浮かべながら右手を引き抜く。

大量の血が地面に流れ出し、ドグマはその場に崩れ落ちた。

「き、さま……なぜ――」

「お前のせいで本国の狙いがあの王子にバレたからに決まってんだろ？　王子を捕縛する前に、合成人魔獣の資料を渡せとかペラペラ喋りやがって」

「そ……」

ドグマは何か言い返す間もなく、ゆっくりと地面に倒れこむと、そのまま息を引き取った。

男は手についた血を振り払い、ドグマが身に着けていた衣類と道具を回収していく。

「まぁそれは建前で、本当はずっとお前を殺したかったのさ。弱い癖に上から命令しやがって。アンタもどうせ資料を奪ったら俺を殺すつもりだったんだろうが、残念だったな」

男は死体に向かって吐き捨てるようにそう口にすると、闇の中へと消えていった。

一刻も早く本国に向かい、この資料を渡さなければならない。この資料は、男がアルス王子に重傷を負わせ、奪い取った本物の資料なのだから。

◆

アルス・ドステニア襲撃事件から二週間後。一人の老人が紙の束を手に持って、長い廊下を歩いていた。

その老人が足を止め、とある部屋の扉をノックする。一拍の間をおいて、部屋の中から男の声が返ってきた。

「……入れ」

「失礼いたします」

部屋の中から返事が聞こえた老人は、周囲に人気がないのを確認したあと、ひっそりと扉を開けて部屋の中へと入る。

中には軍服に身を包んだ男性が一人。

老人はその男性に向かって深々と頭を下げた。

「バニファか。一体なんの用だ？」

机の上で書き仕事に勤しんでいた男は、老人を一瞥し声をかけたあとすぐにまた仕事へと戻る。

バニファと呼ばれた老人は、顔を上げニヤリと笑みを浮かべながら口を開いた。

「ドステニア王国に放っていた暗部が戻ってまいりましたので、そのご報告に上がりました」

バニファの言葉を聞いた男の眉がピクリと動く。忙しなく動かしていた手を止め、男は静かに顔を上げた。

「そうか、ご苦労だったな。それで、例のものは手に入ったのか？」

「はい……こちらに」

バニファはそう答えたあと、手に持っていた紙の束を男に手渡した。

それを受け取った男は、僅かに笑みを零す。

「これが……これで我国の軍事力は大幅に強化されるだろう！　でかしたぞ、バニファ！」

「ありがたきお言葉。すべては我ら帝国のためにございます」

男に褒められたバニファは、少し誇らしげに胸に手を当てたあと再び頭を下げる。

そんなバニファに目をくれることもなく、男は受け取った紙を興奮気味に見つめていた。

「まさかこれが手に入るとは……」

男がつぶやいた声に、バニファも下を向きながら同じ思いを抱く。あの『神童』アルス・ドステニアが治める領地から、資料を回収出来たという事実に驚きを隠せなかったのだ。

アルスの噂は既に帝国内でも知れ渡っていた。

五歳から魔法の才を遺憾《いかん》なく発揮し、その上武術の心得もある。

そんな彼が、帝国と繋がりのあったエドハス領の領主となると知った帝国は、慌ててエドハス領に暗部を放ったのだった。

目的はもちろん、合成人魔獣の研究資料の回収。そして前領主のゾルマが帝国と繋がりがあった証拠の抹消だ。

とはいえ、暗部を放った際には既にゾルマは捕らえられていたため、証拠の抹消については不可能であると覚悟はしていた。

だが『合成人魔獣』の研究資料については別である。

帝国の悲願成就のためにも、研究資料の回収だけは、是が非でも達成せねばならなかった。

そしてそのためには、数年はかかるとも思っていた。アルス・ドステニアの裏をかくためには、そこまでしなければならないと踏んでいたからだ。

だがこの短期間で資料を回収してこれたということは、噂ほどの男ではなかったということなのだろう。

「あの第六王子がゾルマに変わって領主になると聞いた時は肝を冷やしたものだが、存外大したことはなかったという訳か。どうやら買い被りすぎていたようだな」

男は手元の紙を見つめながらフンと鼻を鳴らす。

噂はあくまでも噂だった。

そう思った男だったが、浮かない顔をしているバニファを見て、男は違和感を覚えた。

「どうした、バニファ。何か気になることでもあったか？」

「い、いえ。なんでもございません……」

何もないと言いながらも、視線を左右に泳がせるバニファ。

その様子を見た男は、バニファが自分に何か隠していると気付く。

男は黙り込むと、机をトントンと叩きながらバニファをじっと見つめ続けた。

時計の短針がカチカチと進む音と、男が机をたたく音だけが部屋に響く。

その音が数十回続いたあと、バニファは額に冷や汗をかきながら、ゆっくりと口を開いた。

「それが……実験体一号ですが……第六王子の手によって討伐されたそうです」

「なんだと!?　アレを倒したというのか!?」

「は、はい！　報告では、第六王子が自らの剣で倒したとのことです！」

バニファの口から告げられた言葉に、思わず声を荒らげながら立ち上がる軍服の男。

その男の形相に、バニファは怯えた姿であとずさりする。

彼が怯えてしまうのも無理はないだろう。

この軍服の男は、些細な失敗すら許さない完璧主義者。

その男の前で失敗を自白するなど、自殺行為に等しいのだから。

しかも今回、研究資料の回収に向けて実験体一号を送ったのはバニファである。

その結果、現在帝国にいる、四体の実験体のうちの一体を失う取り返しのつかない失敗を犯してしまったのだ。

その被害は実に甚大である。

そんなバニファだからこそ、実験体一号を失った事実を話せずにいたのだ。

だが怯えるバニファをよそに、男はすぐに冷静さを取り戻していた。

「なるほどな。『剛剣《ごうけん》』と呼ばれるレオン・ドステニアに師事するだけはあるということか……」

椅子に座り直した男は、手で口を覆いながら静かにそう呟く。

最早男の目に、バニファの姿は映っていない。彼の頭の中はアルス・ドステニアのことで溢れかえっていた。

合成人魔獣の資料を手に入れた。これで間違いなく帝国の悲願に大きく近づいたはず。

だがそれを妨げる存在がドステニア王国にいる。しかもその男が、自分達の動きに気付いてしまった。

それがどれだけ危険なことなのか、男は理解していたのだ。

男はしばらく黙り込み、アルスの対策について考えを巡らせ始める。

だがその際中に、今回の件について、もう一点報告がないことに気付いた。男は再び視線をバニファへと向ける。

「……向こうにいるという、研究者の身柄はどうなっている？　予定では我々側に引き抜くという話だったはずだ」

バニファにそう問いかけながらも、男は既にその答えを予想していた。

ただ自分の推測が外れていて欲しい。その微かな望みに縋る気持ちで、バニファに問いかけたのだ。

しかし男の推測は正しく、バニファの顔が真っ青に染まっていく。そしてバニファは唇をカタカタと震わせながら、小さな声で答えた。

「い、いえ……それが、研究者の身元は分からなかったようで……届いたのは資料だけです……」

『賢人《けんじん》』クルシュ・ドステニアの知略もそなわっているという訳か。流石は『神童』アルス・ドステニア。舐めるのは良くないな。あの男からこの資料を持って来れただけでも、御《おん》の字《じ》だったようだな」

「も、申し訳ございません……」

バニファの返答に、男は深くため息を零す。

自分の推測が当たっていたことに、激しい苛立ちと不安を覚える。だがいくら配下の失敗を嘆いたところで、研究者も手に入らなければ実験体が元に戻ることもない。

今最も重要なのは合成人魔獣の研究を進めることだ。

アルス・ドステニアはいずれ排除すればいい。

「まぁいい。研究者がおらずとも、この資料があれば合成人魔獣の開発は我が軍で進められるはずだ。そうなれば……帝国が統一国家になるのも時間の問題となろう」

男は自分に言い聞かせるようにそう口にしたあと、その部屋をあとにするのだった。

◇

黒装束の男が、偽の資料を持ち去ってから三週間が経過した。

俺とソフィアの共同作戦が上手くいったのか、別のスパイが俺を襲いに来ることはなく、孤児院も無事平穏を保っている。

まぁここまで来るのにも色々あったのだが。

――あの日の翌日、朝起きて来た俺に対して「ゆっくりと話せましたか？」と聞いてきたルナに、俺は怒りを通り越してため息をこぼした。

「ゆっくりと話せましたかじゃない……危うく死ぬところだったんだぞ？」

「死ぬ？　どういうことですか？　お話ししたのではないのですか？」

俺の言葉にキョトンとした表情を浮かべて見せるルナ。

何か話がかみ合わないと思った俺は、彼女の口から経緯を聞くことにした。

その結果、どうやらルナは俺が以前フランツと仲良くしたいと言っていたため、俺をフランツ達に渡したとのことだ。

真実を知らないルナにすべてを話すと、彼女は顔を真っ青にして震えだした。

「も、申し訳ありません……」

泣きそうな顔で謝罪の言葉を口にするルナを俺はそれ以上責めることが出来ず、同じことを繰り返さないように諭すことしか出来なかった。

その後、落ち着きを取り戻したルナと共に今後の対策を準備することになったのだが、そこで俺は再び面倒に巻き込まれることになる。

俺に何が起きたのかはルナ以外の従者達にも説明したのだが、その説明を聞いたルイスが大慌てで陛下に報告すると言い始めたのだ。

どうやらルナ以外の従者はフランツ達が屋敷に侵入したことすら気付いていなかったらしい。

「帝国の刺客《しかく》がやってきたなど聞いておりません！　すぐにでも陛下に報告し、警備を強化して頂きましょう！」

大慌てで指示を飛ばし始めるルイス。そんなルイスを窘《たしな》めるのにそれはそれは苦労した。

この件を報告されてしまえば、「帝国の刺客を排除した王子」として評価されると思ったからだ。

どうしてもそれは避けたかった俺はなんとかルイスを納得させ、なんとか黙っていてもらえるようになった。

だが油断は出来ない。俺が帝国に流した資料がいつ偽物だとバレるか分からないのだから、その時のためにも対策は考えておくべきだろう。

ただ今回の件に関しては無事に解決したため安全が確保出来たということで、俺は三週間振りに街へ繰り出した。

今日は冒険者協会に行って、オルトに礼を言ったあと孤児院に顔を出す予定だ。

オルトには孤児院の安全が確認出来るまで、無理を言ってベテランの冒険者を護衛として派遣してもらった。

帝国のスパイに狙われていることは伏せ、俺の個人的な理由でお願いしたため、事情を知らないオルトは怒っているかも知れない。

『ちょい悪徳領主』を目指しているとはいえ、少しは労いの言葉をかけてやらないと、急に裏切られてしまう可能性もあるからな。


そうこうしているうちに、四人を乗せた馬車が冒険者協会の前についた。

カイルとアンヌが先に降り、続いてルナと俺が降り立つ。

そこで目にしたものに、俺は思わず口を開いて固まった。

約三週間ぶりに訪れた冒険者協会。

俺の記憶にあるこの場所は、壁が所々破損していて、隙間風が通りそうなほどだったはず。

だが今俺の前に建つ建物は、大規模な改装工事が始まっていた。

「おーい！　そっちは後回しでいいから、とりあえず外壁の鋪装《ほそう》を終わらせちまうぞ！」

「了解っす！　おっし、おめぇら、さっさと終わらせちまうぞ！」

数十人の大工達が、忙しなく歩き回っている。

その状況をカイルとアンヌは物珍しそうな視線で彼らを見つめていた。

一方の俺はというと、目の前で行われている不可解な現象に首を傾げずにはいられなかった。

「おい、ルナ。孤児院の護衛の報酬、そこまで多くなかったはずだよな？」

「？　そうですね。報酬額は平均的な依頼額に、多少色を付けただけですので」

俺の質問に、不思議そうな表情で答えるルナ。

その返答で、ますます俺の頭は混乱していく。

確かに今回の依頼は、無理を言った自覚はある。

たがだか孤児院の護衛に上位の冒険者を派遣するように命令したのだから。

その報酬額は当然、通常の依頼よりも多くなっていて仕方がないだろう。

ただそれは依頼を受けてくれた冒険者に対して渡す報酬だ。

仲介する側の協会になんて少額の手付金しか渡していないはず。その額では、ここまでの大工事は絶対に無理だ。

かといって、オルトの奴が私財をはたいてまで改装工事をするようには思えない。

じゃあどうやって資金を工面したのだ？

「……まぁいい。労いついでに、本人から直接話を聞けばいいだけか」

ひとまずそう考えた俺は、冒険者協会の中へと入っていく。

先日のようにカイルとアンヌを引き連れ、扉を乱暴に開く。すると驚くべきことに、内装の工事はほとんど完了していた。

今まで酒臭かった室内にはハーブの香りのようなものが漂っており、とても居心地が良い。

不思議に思いながらも、悪徳領主らしく横暴な態度で受付へと進んで行く。

その間、俺はさらなる違和感を覚えた。

冒険者達の俺を見る視線が、どうにもおかしいのだ。

以前は憎悪や怒りを含んでいたはずの彼らの視線が、なんというか、羨望《せんぼう》や尊敬《そんけい》が混じったものに変わっている気がする。

勘違いかとも思ったが、受付の女性の対応がその勘違いを否定した。

「アルス殿下ではありませんか!!　おはようございます！　本日はどういったご用件でしょうか？」

はつらつとした笑顔で俺を迎え入れる受付の女性。

その表情に一瞬動揺しながらも俺は以前のように話し始めた。

「あ、ああ。今日はオルトに会いに来たのだ。奴の部屋に案内するがいい」

「かしこまりました！　では私が案内させていただきます！　足元にお気を付けください！」

そう言って彼女は満面の笑みで俺の前を歩き始めた。

協会の職員連中も、俺とすれ違うたびに笑顔で頭を下げてくれる。

予想外の対応に、内心不安で一杯だった。彼らの態度が百八十度変わった理由が、俺には分からない。

結局不安を拭いきれぬまま、俺はオルトの部屋にやってきてしまった。

◇

「オルト支部長！　アルス殿下がお見えになられました！」

「殿下が!?　すぐにお出迎えしろ！　私もすぐに行く！」

「既にこちらにお連れしております！」

「へぁ!?」

オルトの変な声が聞こえたかと思うと、一秒も経たずに扉が開かれた。

汗だくのオルトは俺の顔を見るや否や、何度も頭を下げて感謝の言葉を述べ始める。

「アルス殿下！　この度は協会への支援、誠にありがとうございます！　ささ、どうぞお入りください！　メレーナ！　殿下に最高級の茶葉と洋菓子を用意しなさい！」

「かしこまりました！」

オルトに指示されて、受付の女性――メレーナさんが元来た道を戻っていく。

自分の待遇に違和感を覚えつつも、協会への支援という発言がオルトの口から出たことで、俺の頭は限界まで混乱していた。

早まる鼓動を抑えながら、部屋の中に用意された椅子に座り、深く息を吸う。

その間も、オルトはニコニコと笑いながら俺の前に座っている。

俺はどうしてもオルトの発言が気になり、本来の目的を後回しにしてオルトに聞いてみることにした。

なんとなく、とんでもないことが起きている気がしてならなかったのだ。

「オルト……協会への支援ってなんの話だ？　俺はあの件の報酬以外では、銅貨一枚たりともお前達に渡した記憶がないんだが」

俺がそう言うと、オルトはキョトンと目を見開いたあと、なぜかクスリと笑ってみせた。

冗談を言っているつもりは一ミリメートルもないのだが、どうやら奴には俺の真剣さが伝わっていないらしい。

俺が再度真面目に尋ねようとすると、今度はオルトが驚愕の事実を話し始めた。

「何を仰りますか！　二週間ほど前、殿下の使いの方がいらして、『協会の修繕をするように』と、大金が入った袋を置いていかれましたよ！」

オルトの言葉に部屋の中が一瞬静まり返る。

そんな指示を飛ばした覚えもなければ、大金を用意した記憶もない。

もしかしたら記憶喪失になったのか？　と自分を疑い、俺の思考は一瞬停止した。

しかし当然、首を横に振ってその考えを否定する。

「……は？　え、いや、まて。俺はそんな使い送ったことないぞ！　別の誰かと勘違いしてるんじゃないか!?」

「そんなはずありません！　以前、トト村付近の魔獣狩りを依頼なさった時と同じ方がお見えになられましたよ？　確か、名前はオレットと仰っておりました！」

……あのバカ。まさか村の件の時も、俺の使いだと言っていたとは。

あれほどバレないようにと伝えていたはずなのに。

だがまぁそれはまだいい。百歩譲って俺の使いだということを公表した件については許そう。

だが今回の援助については俺は彼女に指示をしていない。

となると、オレットに指示をした別の人間がいることになる。

そんなことが出来るのはルナしかいない。

俺は後ろに立っているメイドの顔へ目を向ける。彼女と見つめ合う中で、その予想が確信めいたものに変わっていった。

「ルナ……全部一から説明してくれるか？」

お前がやったのか？　なんて無粋なことは聞かない。

だって、ルナしかいないんだから。俺の問いかけに彼女は深く頷くと、淡々とした口調で話し始めた。

「かしこまりました。以前アルス様がこちらに訪問した際、酒臭い。もう少し清潔に出来ないか。というような指示をいただきましたので、勝手ながら資金援助させていただきました。オレットが名前を明かしてしまった件に関しては申し訳ございません」

そう言ってルナは頭を下げてみせる。

謝って欲しいところで謝らないのはもう気にしない。

何度言っても無駄なのだ。問題は、なぜ指示だと思ってしまったのかということ。

「ちょっと待て……お前は、俺のその言葉が指示だと思ったのか？　そんな風に聞き取れるような発言じゃなかっただろう？」

「？？？　いえ。アルス様は素直じゃない方ですので、照れ隠しのご指示かと思いました」

ルナはその一言で、返事を終わらせる。

俺はもうため息を吐くことも出来なかった。俺にとってかけがえのない存在が、俺にとって最大の天敵だったなんて。

俺ががっくりと肩を落とす目の前で、少し誇らしげに胸をそらして見せるルナ。

彼女の無表情が、少し崩れるその瞬間が、たまらなく愛《いと》おしく感じる。

だが今この瞬間だけは、ほんの少し苛立ちを感じてしまう自分がいた。

まぁ、とにかく冒険者ギルドの大規模な工事に対する資金援助は、彼女の余計な気遣いだと分かった。

言いたいことは山ほどあるが、俺の発言にも原因がないとは言えないから、それについては納得せざるを得ない。

しかし、冒険者達の反応に関しては、まだ理由が判明していなかった。

協会の職員連中が俺に対して感謝をするのは分かる。

劣悪な職場環境を変えてくれたのが俺だと分かっていたから、皆がメレーナのような態度を取ったのだ。

だが冒険者達にとっては、この施設はそこまで重要性を持つものではないはず。

ただ依頼の受注をこなし、仕事が終われば酒を飲む場所。その価値しかないはず。

それなのに、受付前にいた冒険者達は俺を羨望の眼差しで見つめて来ていたのだ。

とはいえ心当たりがない訳ではない。

約三間前に、フランツ達に話した内容。それを彼らが広めていたとしたら、アルス王子が帝国のスパイを退けたという武勇伝として捉えられかねない。

嫌な予感がする中、俺はオルトに問いかけた。

「オルト。そういえば、ミゲルという冒険者がこの街で活動していると聞いたのだが。中々腕が立つ冒険者らしいな。良ければ今度紹介してくれ」

あえて曖昧な質問で、オルトの反応を観察する。

あのあと調べて判明したのだが、やはりミゲルは帝国と繋がっていた。

そしてミゲルがこの街から姿を消していることも、もう確認済みである。

どうやらミゲルは仲間に裏切られ殺されてしまったらしい。

おそらく俺がミゲルを探っていると気付いた帝国の者が、情報が漏れないように彼を始末したのだろう。

だがこのことは、俺とソフィアと俺の従者達しか知らないはず。

しかしオルトは満面の笑みを浮かべた。

「アルス殿下もお人が悪いですなぁ！　殿下が正体を暴いた帝国のスパイなんて紹介出来やしませんよ！　奴隷の子供達に対する殿下の普段の振る舞いも、帝国を油断させるためにあえてやっていたと、フランツ達が話しておりましたよ！」

「フランツ達が!?　ははは……そう、か。まぁ、うん……もう好きにしてくれ」

呆然としながらも、何とか思考を巡らせる。

俺は教会でフランツ達に、ミゲルがスパイの可能性が高いことを話した。

そのミゲルがタイミング良くいなくなった事で、恐らくフランツ達は俺の言っていたことを信じたのだろう。

そしてミゲルがスパイであるという話を、フランツ達が協会に広めたのだ。

あんなに俺に対して怒っていたフランツ達が、そんな対応をしてくるとは……

しかもフランツ達が話を盛ったのか、俺の普段の振る舞いまで、帝国を油断させるためにやったことになっている。

これでは、今までしてきた悪行がすべて水の泡ではないか。

そう考えると、急にやる気がなくなってきた。つい昨日までは、うきうきの気分で今日の来訪を心待ちにしていたのに。

どうせ俺が何をしても、全部裏目に出てしまうんだ。

悪事を働いても、このド天然メイドが素晴らしい気遣いをしてくれて、逆の結果になってしまう。

冒険者達ももう俺に軽蔑した視線を向けてはこない。

もういっそのこと、今日は何もしないで過ごすことにしよう。

「悪い……気分が悪くなってきたから、今日は帰らせてもらう」

俺がふらつきながら立ち上がると、オルトが慌ててメレーナを呼びつけた。

「大丈夫ですか、アルス殿下！　おいメレーナ！　すぐに薬師協会に連絡を！　ハイポーションの在庫ならまだあるはずだ！」

「いや、大丈夫だ……工事の金額の明細だけ、後日見せてくれ」

俺はオルト達の手を振り切り、部屋を出ていく。

ふらつく足取りで廊下を進んでいくと、後ろからカイルとアンヌが心配そうに声をかけてきた。

「殿下……大丈夫ですか？」

「もしかして、俺達のせいで何か大変なことになっているとか……冒険者の皆さんも俺達を見ても、変に声を荒らげなくなっていましたし」

二人も周りの変化に気付いているのだろう。

もしかしたらその原因が自分達にあるのかもしれないと、そう思っているのかもしれない。

そんなことは全くないのだが、今の俺はそれを否定する気分になれなかった。

「ああ……まぁ大丈夫だよ。これからしばらくは自由に過ごすつもりでいるから、二人も自由にすごしてくれていいからな」

「え？　わ、分かりました……」

ギクシャクした雰囲気の中、俺達は受付へと戻ってきた。

冒険者達の視線は、相変わらず以前のものとは全く違い、穏やかなものだった。

常人であれば心地の良い空間のはずだが、俺にとっては息苦しい。

すると俺達の方をチラチラ見ていた冒険者達が、ヒソヒソと会話をし始める。

「ほら、やっぱりそうだよ！　ギングスさんの言ってた通りじゃん！　全然傲慢なご主人じゃないって！　前も二人のために防具直してくれたんだってよ！」

「だから｜私もそう言ってたでしょ!?　魔獣討伐依頼でトト村に行ったら、皆アルス殿下に感謝してたんだから！」

「ごめんごめん！　なんか信じられなくてさぁ！」

女性冒険者達の会話が耳に入り、俺は思わず肩を落とした。

つい先日まで上手く行っていたと思っていた。

冒険者達からの評価を落として、『ちょい悪徳領主』へ最高のスタートダッシュを決められたと。

だが結果は惨敗《ざんぱい》。

一歩踏み出した瞬間に盛大にコケて、両足肉離れを起こした気分だ。

そんな俺に追い打ちをかけるように、冒険者達の会話が次から次へと聞こえてくる。

「なぁ聞いたか？　アルス王子、実はめちゃくちゃ強いらしいぞ！」

「おお聞いた聞いた！　凄腕の暗殺者を一蹴りでぶっ飛ばしたんだってな！」

「それなら俺も知ってるぞ！　なんでも、とんでもねぇ化物みたいな魔獣を一振りで細切れにしたって、ファトマの奴が言ってたぜ！」

男達の会話は次第に盛り上がっていき、彼らの視線が俺の方へと向けられる。

なぜその話を知っているんだ？

俺がファトマを教会に運んだ時、奴は気を失っていた。

しかし奴があの光景を見ていたということは、合成人魔獣と戦っていた時はかろうじて意識があったのか？

そんな疑問がいくつも頭をよぎるが、それもすぐにどうでもよくなってしまった。

今さら何を言ったところでこの状況は覆《くつがえ》らない。

そう、俺は、『ちょい悪徳領主』を目指してここに来た結果、なぜか帝国のスパイを自らの手で倒した『名君』になってしまっていたのであった。

もちろん自由な暮らしは諦めない。帝国に対する不安もある。こんなところでへこたれている場合じゃないのは分かっているのだ。

だが、今は少しだけ休ませてほしい。俺がこれからも『ちょい悪徳領主』を目指すために――

勘違いの工房主
Kanchigai no
ATELIER MEISTER
英雄パーティの元雑用係が、
実は戦闘以外がSSSランクだった
というよくある話
アトリエマイスター
1~10
時野洋輔
Tokino Yousuke
待望の
TVアニメ化!
2025年4月放送開始!
シリーズ累計
75万部
突破!(電子含む)
1~10巻
好評発売中!
コミックス
1~7巻
好評発売中!

勘違いの工房主
ATELIER MEISTER
英雄パーティの元雑用係が、
実は戦闘以外がSSSランクだった
というよくある話
アトリエマイスター
時野洋輔
武器や魔法の適性は最低だけど、
それ以外全部SSSランク!
読者賞
受賞作!
無自覚な町の救世主様は
勘違い連発!?

勘違いの
工房主
時野洋輔
古川奈春
戦闘以外の適性すべてSSS
人助けしただけなのに…
規格外の少年が
世界を振り回す!?
読者賞受賞の超人気作、待望のコミカライズ!

●定価：1430円（10%税込）　●ISBN：978-4-434-35166-2　●Illustration：キャナリーヌ

この作品に対する皆様のご意見・ご感想をお待ちしております。
おハガキ・お手紙は以下の宛先にお送りください。

【宛先】
〒150-6019 東京都渋谷区恵比寿 4-20-3 恵比寿ｶﾞｰﾃﾞﾝﾌﾟﾚｲｽﾀﾜｰ 19F
（株）アルファポリス書籍感想係

メールフォームでのご意見・ご感想は右のＱＲコードから、
あるいは以下のワードで検索をかけてください。

アルファポリス　書籍の感想　検索

ご感想はこちらから

本書は Web サイト「アルファポリス」（https://www.alphapolis.co.jp/）に投稿されたものを、
改題・改稿、加筆のうえ、書籍化したものです。

怠惰《たいだ》ぐらし希望《きぼう》の第六王子《だいろくおうじ》
悪徳領主《あくとくりょうしゅ》を目指《めざ》してるのに、なぜか名君《めいくん》呼《よ》ばわりされています

服田　晃和（ふくだ　あきかず）

2025年 1月30日初版発行

編集－彦坂啓介・今井太一・宮田可南子
編集長－太田鉄平
発行者－梶本雄介
発行所－株式会社アルファポリス
〒150-6019 東京都渋谷区恵比寿4-20-3 恵比寿ｶﾞｰﾃﾞﾝﾌﾟﾚｲｽﾀﾜｰ19F
TEL 03-6277-1601（営業）　03-6277-1602（編集）
URL https://www.alphapolis.co.jp/
発売元－株式会社星雲社（共同出版社・流通責任出版社）
〒112-0005 東京都文京区水道1-3-30
TEL 03-3868-3275
装丁・本文イラスト－すみうた
装丁デザイン－AFTERGLOW
印刷－中央精版印刷株式会社

価格はカバーに表示されてあります。
落丁乱丁の場合はアルファポリスまでご連絡ください。
送料は小社負担でお取り替えします。

ISBN978-4-434-35167-9 C0093